Ist es eine Krimi-Groteske, ein Psychodrama oder eine Milieubeschreibung, was die Autorin Brigitte Stolle (1959) hier in acht atemlose Tage hineingepackt hat … oder von allem etwas? Wir tauchen ein ins Kleinkriminellen-Milieu der Quadratestadt Mannheim, lernen zwei ungleiche und doch vom selben Elternhaus geprägte Schwestern kennen und wissen nicht, ob wir über die Kathie und ihre verschrobene Gedankenwelt, ihren Hang zu Sprichwörtern, platten Lebensweisheiten und John-Wayne-Filmen lachen oder weinen sollen. Die Sprache des Romans, die dem geringen Bildungs- und Reifegrad der Hauptperson angepasst ist, verleiht dieser bitterbösen Geschichte nicht nur einen lebensechten Anstrich, sondern auch eine gewisse Komik …

Eine interessante Stellung kommt der einsamen und unglücklichen Katze zu, *„der einzigen sympathischen Person der Handlung"*, mit der die Protagonistin ihre Wohnung teilt. Sie scheint mit Kathies traurigem Schicksal auf geheimnisvolle Weise verbunden: tropf-tropf, Katzenblut und Menschenblut …

Komm Schwester, gib mir Deine Hand
Wir wolln gemeinsam ein Stück Weges ziehn
Im Schatten, wo die grauen Blumen blühn
Und abseits schreitend, alles Laute fliehn
Komm Schwester -

Die Schatten kühlen ... Schwesterlein
Sie kühlen jedes Leid so zart und lind
Wie Kinderkuss, wie weicher weißer Wind
Die Schatten kühlen und die Nacht ist blind
Komm Schwester ...

Alfred Lichtenstein (1889-1914)

Brigitte Stolle

Glücksprinz

Mannheimer Krimistück in 8 Tagen

© 2016 Brigitte Stolle
Umschlag, Foto „Barbiepuppe": Brigitte Stolle
Textwerkstatt Seckenheim am Wasserturm
Homepage: http://brigittestolle.de
Kontakt: b.stolle1@gmx.de

Verlag: tredition GmbH, Hamburg

ISBN:

978-3-7345-2887-3	(Paperback)
978-3-7345-2888-0	(Hardcover)
978-3-7345-2891-0	(e-Book)

Printed in Germany

INHALT

Die Personen werden vorgestellt

Die Kathie: 35-jährige Buchhalterin. Macht sich über das Leben und die Menschen ihre ganz eigenen, höchst sonderbaren Gedanken. Liebt John-Wayne-Filme – und den Bruno.

Die Mutter: Wortlos, mollig, gutmütig. Hält aus Freude an familiärer Harmonie am liebsten ihre Klappe.

Der Vater: Schnäpselt gerne einen oder zwei. Liebt Fußball und ein ordentliches Heim. Alter Grabscher.

Die Schwester: 40-jährige Chefsekretärin. Groß, blond, schlank. Erfolgreich im Beruf. Isst nicht besonders gerne Sushi und ist vorübergehend in ihren Chef verliebt.

Der Schwager: Ehemaliger Bäcker und Altenpfleger. Jetzt selbstständiger Finanzberater. Ist einem guten Tröpfchen zu keiner Tages- und Nachtzeit abgeneigt. Wird in angetrunkenem Zustand widerlich respektive weinerlich. Kurz: Ein kultivierter, feiner Mann.

Der Bruno: Schmieriger Angestellter einer schmierigen Spielhölle. Bedient das Klischee des Ekelpakets. Nennt alle Frauen Schwesterchen und findet das recht witzig. Treibt undurchsichtige Geschäfte. Liebt die Kathie nicht. Oder doch?

Die Katze: Meist DAS VIECH genannt. Die einzig wirklich sympathische Person der Handlung.

Fernerhin: Kollegen und Kolleginnen der Kathie, ein braungebrannter Dermatologe und seine Sprechstundenhilfe, zwei Angestellte einer Zeitarbeitsfirma, der alte Hausarzt der Familie, mehrere Chefs, Kunden des GLÜCKSPRINZEN, Mario, die Dame im Ledermini, zwei Gorillas und ein ganzer Haufen Sanitäter auf einmal.

Die Katze

Die Katze hat ein rötliches Fell, ihre Tatzen stecken in weißen Pelzpantöffelchen: ein wunderschönes Tier. Auf einem Auge ist die Katze blind. Das blinde Auge ist blau, das gesunde ist grün. Die Kathie hat die Katze im Tierheim ausgesucht und 20 Euro in die Futterkasse gespendet. Die Katze ist ein sanfter Charakter. Sie ist sehr ängstlich. Erst zwei Jahre ist sie alt. Die schlimmen Dinge, die sie in ihrem kurzen Leben erdulden musste, sind in ihrer kleinen Katzenseele eingebrannt wie ein Mal. Wäre sie ein Mensch, würde sie behaupten, ein dickes Buch darüber schreiben zu können und es niemals tun. An die bösen Episoden kann sie sich nicht genau erinnern. Sie war noch sehr jung zu jener Zeit. Und doch sind sie nicht ganz vergessen, die Gesichter, die gellenden Menschenstimmen, die Tritte. Aber sie lassen sich nicht mehr ineinanderfügen, eines hat sich vom anderen losgelöst, nichts ist fest und sicher. Und wenn der Katze ein Geräusch große Angst macht, weiß sie nicht warum und versteckt sich verzweifelt unter dem Sofa. Alles, was ihr in das weit aufgerissene gesunde Auge fällt, könnte die Ursache für ihre Angst sein und darum fürchtet sie die ganze Welt. Fest verankert in ihrem Gemüt ist das diffuse Entsetzen vor diesen großen Menschenwesen, die sie packen, in Kisten stecken, festhalten, schlagen, treten und streicheln. Im Tierheim fürchtete sie sich sehr vor den anderen Katzen, die sie vom Futternapf vertrieben, ihr die Krallen ins Gesicht schlugen und sie mit angelegten Ohren und fauchenden Mäulern von diesem behaglichen weichen Kissen verjagten, das sie so liebte. Eines schönen Tages zeigte

● ● ●

eine dicke junge Frau mit dem Finger auf die Katze, die sofort misstrauisch wurde. Die zweite Frau sagte: „Des is unser Sorgekind." Da wurde die Katze verfolgt, in der dunklen Ecke, in die sie sich verängstigt zurückgezogen hatte, gestellt, gepackt und von schrecklichen Armen hoch in die Luft emporgehoben. Die fremde Frau betrachtete die Katze von allen Seiten, hielt sie an Bauch und Genick fest, bis die Widerstrebende schließlich von vier energischen Händen in einen Transportkorb gezwungen wurde. Da wusste die Katze, dass sie auf immer verloren war. Nach einer unendlich langen Zeit, während derer sie durchgeschüttelt und hin- und hergerüttelt wurde und sie sich vor Angst ganz flach auf das Kissen duckte, wurde der Korb plötzlich mit einem Ruck abgestellt und das Gittertürchen aufgerissen. Die Katze äugte mutlos aus der Öffnung heraus – nichts kam ihr mehr bekannt vor – und sie war sich sicher: Ihr letztes Stündlein hatte geschlagen. Um nichts in der Welt wollte sie die enge Behausung verlassen, aber eine forsche Hand kam ihr entgegen, packte sie und zog die Abgeneigte mit Gewalt heraus. Eine Kiste mit Sand wurde ihr gezeigt, eine Schüssel mit Wasser und Futter. Sie wurde gestreichelt und gehätschelt, doch als sie sich auch noch nach zwei Tagen verzagt, gebrochen und außer sich vor Angst unter dem Sofa aufhielt und die ihr entgegengebrachte Liebe nicht erwidern konnte, verlor die Kathie das Interesse an dem undankbaren Katzenviech und vergaß es sozusagen.

Ab und zu, aber sehr selten, wird die Katze angesprochen, mit „Na, du?" oder mit „Na, Katze?". Einen richtigen Namen bekommt sie nicht. Dennoch liebt die

● ● ●

Katze Kathie – auf eine unspektakuläre und schüchterne Weise, so wie es ihrem Charakter entspricht. Befindet sich die Kathie außer Haus, was die meiste Zeit der Fall ist, untersucht und betrachtet die Katze ganz vorsichtig ihr Zuhause, probiert einmal diesen Sessel, einmal jenen Berg Wäsche zum Schlafen aus, isst, ruht und wartet geduldig. Am liebsten sitzt sie am Fenster und schaut mit dem starren, undurchdringlichen, fast gleichgülti-gen Blick ihres sehenden Auges auf die Straße hinunter, wo sich hie und da etwas bewegt und ihr Abwechslung verschafft. Dann überkommt die Katze ein leichter An-flug von Neugierde. Wie in Trance strafft sich ihr Körper und begibt sich mit unendlicher Langsamkeit auf eine Linie mit dem betreffenden Objekt. Doch ist die Kon-zentration nie von Dauer und die Langeweile nimmt wieder Besitz von der Katze. Aber manchmal, besonders in ihren unruhigen Träumen, während ihr Körper vor Anspannung bebt und der Schwanz auf- und nieder-zuckt, kommt ihr die Erinnerung an das wohl größte Erlebnis und Abenteuer ihres Lebens wieder ins Be-wusstsein: die Erinnerung an die Maus ...

Ja, einmal, vor Ewigkeiten, da hatte unsere Katze ei-ne Maus erwischt. Ihre erste Regung beim Anblick des fremden Tieres: maßloses Erschrecken. Die leichte Be-wegung im hohen Gras war mehr zu ahnen als zu se-hen. Ohne den Grund zu wissen, schlich sich die Katze – fast auf dem Bauch robbend – an dieses unbekannte Ding heran. Plötzlich aber wich alle Angst wie von Zau-berhand von ihr. Instinktiv erkannte die Katze, dass dies ihre wahre Bestimmung und ihr wirkliches Leben sei. Alle Sinne geschärft, die Bewegungen nicht mehr zag-

• • •

haft und unfrei, sondern sicher und wohl koordiniert, tastete sie sich auf leisen Sohlen heran und stürzte sich im richtigen Moment auf die entsetzt aufschreiende Maus, umschloss deren zuckenden Leib fest mit ihren Krallen und hielt das Maul direkt über den Kopf ihrer Gefangenen. Die Lust, sofort zuzubeißen und dieses Genicklein unter ihren scharfen Zähnen zerbersten zu hören, war unwiderstehlich groß und unbeschreiblich süß und köstlich. Dennoch wusste sie sich zu beherrschen und zog ihre Krallen langsam wieder aus dem kleinen Körper heraus. Die überraschend freigelassene Maus konnte, trotzdem sie sich aus Todesangst in einem schweren Schockzustand befand, ihr Glück kaum fassen. Weg, schnell weg von dieser reißenden Bestie, rasch fort, fort, dort hinein in das rettende Erdloch, wo die Brüder und Schwestern warteten, die Frau und die Kinder. Ein glückliches Geschick ließ sie noch einmal davonkommen. So etwa waren die Empfindungen der Maus im ersten Freudentaumel. Ihre schweren Verwundungen jedoch ließen ein eiliges Entweichen nicht mehr zu, das Loch war weiter entfernt als angenommen, Kraft und Schnelligkeit waren überschätzt worden. Denn schon spürte sie den heißen Atem des Raubtieres erneut über sich, die Krallen des Häschers, die sich wieder und wieder schmerzhaft in ihren Körper bohrten wie tödliche Dolche, immer wieder, bis dieser nur noch eine arme blutende Masse war. Erneut ließ die Katze ihr Opfer frei, ließ die vor Hoffnung trunkene Maus ein paar Schrittchen vorwärtsstorkeln und sich in Richtung Heimat schleppen. Manchmal zog sie ihre Beute mit der ganzen Pranke wieder zu sich zurück, manchmal bewies

* * *

sie ihre große Geschicklichkeit dadurch, dass sie der Maus nur eine einzige Kralle in den Körper trieb und sie mit Hilfe dieser Kralle hin und her warf, sie einmal auf den Rücken drehte, um sie im nächsten Moment hoch in die Luft zu schleudern. Ach, das war eine Freude für die Katze gewesen! Fast hatte sie bedauert, dass die Bewegungen der Maus immer matter und hinfälliger wurden, als diese von einer Ohnmacht in die nächste fiel und sich in ihren wenigen klaren Momenten nur noch millimeterweise und unter größter Anstrengung vorwärtsbewegen konnte. Doch kurz bevor der Lebensfunke der Maus ganz verloschen war, hatte die Katze endlich zugebissen und der Qual schließlich ein Ende bereitet.

Solche oder ähnliche Gedanken mag die Katze sich machen, wenn sie in Kathies Wohnung am Fenster sitzt und mit ihrem geheimnisvollen Auge unmerklich suchend und prüfend auf die Straße hinunterblickt.

Zwei sich widerstreitende Mächte wohnen in deiner Seele, kleine Katze. Eine tödlich grausame und eine überaus zärtliche. Und doch bist du keine gespaltene Persönlichkeit. Voller Hoffnung bist du, dass die beiden zu einer Einheit verschweißten Wesensarten, eine jede zu ihrer Zeit, sich von der anderen ablösen und für sich allein zum Zuge kommen darf.

• • •

DONNERSTAG. Die Kathie macht im Büro eine interessante Entdeckung, haut einen Hautarzt übers Ohr, ärgert sich über die Katze und verbringt einen gemütlichen Fernsehabend mit John Wayne, Bier und Salzstangen.

Um siebzehn Uhr dreißig verlässt die Kathie das Büro. Als Letzte, wie gewöhnlich. Der Chef hat auch schon bemerkt, wie fleißig die Kathie ist, wie lange die immer vor ihrem Bildschirm sitzt, wie sorgfältig die arbeitet. Mehrmals hat er sie schon darauf angesprochen. Nicht wirklich ernsthaft interessiert. Mehr abwesend und in seine eigenen Gedanken versponnen. Ob sie denn nicht endlich Feierabend machen will? Bestimmt wartet der Freund schon sehnsüchtig auf ihr Nachhausekommen. So etwas macht die Kathie unbändig stolz: dass der Chef denkt, sie hätte einen Freund. Alle Selbstbeherrschung muss aufgeboten werden, um nicht vor sich hinzugiggern vor lauter Vergnügen, hihi. „Ja, aber die Arbeit hier muss unbedingt noch erledigt werden", sagt sie dann – ein Schuss geschäftige Sachlichkeit macht sich nicht schlecht – und zeigt auf einen Stapel Kontoauszüge. Manchmal, an tolldreisten Tagen, wagt sie auch einmal den kecken Satz: *„Erst die Arbeit, dann das Vergnügen"*. Dabei errötet die Kathie zart und der Chef schmunzelt. Ein voller Erfolg. Ob es ein Fingerzeig ist? Vielleicht zieht der Chef bereits in Erwägung, sie in der Firma fest einzustellen. Sie ist gut im Rechnen, eine Bereicherung für die Abteilung. Die Kathie gibt die Hoffnung nie auf, denn *die Hoffnung ist wie Honig in einer Tasse voll bitterem Wermut-Tee*. Schon ein

• • •

Löffelchen davon versüßt das widerlichste Gebräu und macht alles genießbar.

Aber der Chef ist wie alle Chefs. Flugs verschwindet er wieder in seiner eigenen Gedankenwelt, lächelt zerstreut und nuschelt unverbindlich vor sich hin: „Brav, brav" oder: „Des lob isch mir, des lob isch mir". Es ist von jeher seine ureigene Spezialität, Unwichtiges zweimal zu sagen.

Erst wenn der Chef endlich bemerkt hat, dass die Kathie noch da ist, verlässt die sie das Büro und macht sich auf den Heimweg. Heute hat er es ziemlich spät bemerkt, das ärgert die Kathie. Vor lauter Hast lässt sie ihren Schirm auf dem Schreibtisch liegen. Es fällt ihr erst auf der Straße auf. Natürlich: Es regnet in Strömen. Also noch einmal zurück. Kein Mensch ist mehr da, nur die Putzfrau ist am Arbeiten. „Oder was die so arbeiten nennt", denkt die Kathie giftig. Im selben Moment, als sie in das offene Bürozimmer hinein- und auf ihren Schirm zustürzt, steckt die Putzfrau ein Bonbon in den Mund. Das ist dreist. Schlimm genug, dass die während der Arbeit dauernd mit dem Handy am Ohr herumläuft. Die Kathie ist sich ziemlich sicher, dass die auch mit den Bürotelefonen herumtelefoniert. In die Türkei. Da kommt die nämlich her. Und das wird teuer. Da geht die Firma irgendwann den Bach runter. Manche Kollegen sind einfach zu blöd für alles, die vergessen sogar, ihre Telefone abzuschließen. Die denken nur an eines: „Raus hier, fort, weg, heim!" Die haben nur ihr Vergnügen im Kopf, mehr nicht. Und jetzt nimmt diese freche Person einfach eines von Kathies Bonbons aus dem

Glasschälchen, wickelt es aus und steckt es genüsslich in den Mund. Es geht ganz schnell, aber die Kathie hat alles genau beobachtet. Ein Skandal. Nehmen ohne zu fragen ist Diebstahl. Das lernt man doch schon in der Schule. Aber in der Türkei wahrscheinlich nicht. Die Kathie muss unbedingt mit dem Chef darüber reden. Seit einiger Zeit passieren hier dauernd solche Sachen; tut man nichts dagegen, reißt es ein und es werden Zustände daraus. Da verschwinden Süßigkeiten, Schokolade, Mon Chéri vor allem. Jeden Tag beschwert sich eine andere Kollegin, dass die Gummibärchen weg sind. Oder die Ferrero Küsschen. Bisher hat es noch niemand direkt angesprochen. Höchstens klammheimlich hintenherum. Aber die Kathie hat einen guten Riecher und ahnt, dass sie selbst verdächtigt wird. Weil sie immer so lange im Büro hocken bleibt am Nachmittag. Weil die Kollegen neidisch sind, dass der Chef ihre gute Arbeit lobt. Weil die Kathie so gut mit Zahlen umgehen kann. Weil sie ein bisschen dicker ist als die anderen. Aber jetzt kann sie endlich erzählen, was sie gesehen hat: „Die Putzfrau war's!" Wahrscheinlich auch das mit den Raffaellos. Und den verschollenen Erdbeerjoghurt letzte Woche, den hat diese Person ganz sicher auch auf dem Gewissen. *Wer einmal stiehlt, dem glaubt man nicht.* Dann muss die eben gehen. Diebstahl ist immerhin ein Kündigungsgrund. Und zwar fristlos. Aber immer werden die Aushilfskräfte verdächtigt. Weil die fremd sind und nie irgendwo richtig dazugehören. Die sind immer an allem schuld. Aber jetzt hat die Kathie den Fall gelöst, jetzt kann ihr keiner mehr dumm kommen.

• • •

Klar, manchmal kriegt sie so einen richtigen Heißhunger auf etwas Süßes, wenn sie nachmittags so lange arbeiten muss. Da kann sie nichts dafür. Dann schleicht sie in fremden Zimmern herum und sucht sich was zum Naschen in den Schränken und Schubläden. Aber nur, weil sie so viel zu tun hat und ausgenutzt wird. Da wird man ganz schwach dabei. Essen muss der Mensch. Sonst kann man nicht arbeiten. Das sagt der Vater auch immer: *„Wer schafft, braucht Kraft"*. Genau, sie arbeitet schließlich wie ein Pferd. Sie leistet etwas. Aber diese Putzfrau … die fährt mit ihrem dreckigen Lumpen doch bloß kurz über die Tische, schlapp-schlapp, und leert die Aschenbecher aus. Bestimmt holt die sich die ausgelesenen Zeitungen aus den Papierkörben und setzt sich gemütlich hin und liest, wenn alle gegangen sind. Die tut ja immer bloß so, als versteht sie nicht richtig Deutsch. Dabei ist Deutsch so leicht. Und beim Zeitunglesen braucht's dann einen Schokoriegel dazu. Oder ein Stück Kuchen. In den Büros wird ja den ganzen Tag süßes Zeugs gegessen. Und literweise Kaffee getrunken. Dauernd bringt jemand selbst gebackenen Kuchen mit. Käsekuchen, Apfelkuchen, Gugelhupf mit Mohn. Dann wird der aufgeschnitten und verteilt und alle fragen nach dem Rezept, weil der so gut schmeckt und weil ihn alle nachbacken wollen. Angeblich. In Wahrheit wollen die sich nur einschmeicheln. Alle miteinander. Die, die den Kuchen mitbringen und die, die nach dem Rezept fragen. Die Kathie hat das Kaspertheater von Anfang an haargenau durchschaut. Albern ist das, richtig kindisch. Sie selbst kann nicht backen. Und selbst wenn, das wär ja noch schöner: Kuchen backen

● ● ●

für das Pack, das freche. Und kaufen? Nein, da ist ihr das Geld zu schade.

Die Kathie ist fünfunddreißig und ziemlich mollig. Ihr Bauch ist so dick, dass sie nur Hosen und Röcke mit Gummizug tragen kann. Das liegt daran, dass sie so klein ist: ein Meter fünfzig höchstens. Deswegen zieht sie immer Schuhe mit hohen Absätzen an. So wirkt man größer und auch etwas schlanker. Aber der Arzt sagt, sie leide an Adipositas. Die Kathie hasst das Wort. Es begleitet sie seit ihren Kindertagen. Die Ärzte reden immer vornehm von Adipositas, meinen aber damit, dass die Kathie fett ist und trauen sich bloß nicht, ihr das direkt zu sagen. Also verstecken sie sich hinter dem ausländischen Wort.

Der da ist auch so einer. Dabei geht ihn das überhaupt rein gar nichts an. Es ist ein Doktor für Hautkrankheiten. Sie geht zu ihm hin, weil sie die hässlichen Pickel nicht loskriegt. Auf ihrem Gesicht sind sie, auf den Armen, auf der Brust. Sie jucken und werden von Zeit zu Zeit gelb. Besonders im Gesicht sind sie unangenehm. Die Kathie braucht eine Kreme, damit die Pickel abheilen. Die Pickel hat sie schon sehr lange, wahrscheinlich von Anfang an. Genau erinnern kann sie sich nicht. Sie hat schon viele Kremes ausprobiert. Sie geht immer zu einem anderen Hautarzt. Einer wird irgendwann schon dabei sein, der sich auskennt, der ihr eine gute Kreme verschreibt. Man braucht viel Geduld bei Pickel-Krankheiten. Geld auch, weil die Kremes nicht billig sind. Der da ist unfreundlich, richtig arrogant. Er sieht aus wie einer, der das ganze Wochenende Golf oder Tennis spielt. Wahrscheinlich beides gleichzeitig. Braungebrannt wie ein Neger ist er noch dazu. Er betrachtet sich die Pickel aus der Nähe und ekelt sich. Die Kathie bemerkt es sofort. Er hat bei der Untersuchung sein Gesicht nicht unter Kontrolle. Er macht eine faltige Stirn und zieht die Unterlippe in die Breite. Dabei dehnt sich sein Kinn großflächig aus. Die Kathie schaut schnell von seinem Gesicht weg, sonst muss sie laut herausprusten. Ein kleines Kichern kann sie nicht unterdrücken, das Kinn sieht wirklich zu komisch aus. Weil sie den Mund fest zusammenpresst, wird ein verunglücktes Grunzen daraus. Jetzt macht der Arzt wieder ein neues Gesicht, dieses Mal ein erschrockenes, weil er denkt, die Kathie muss niesen. Schnell zieht er Gesicht und Hand von ihr weg. Danach betupft er vorsichtig Kathies Haut mit einer hellen Flüssigkeit und sagt, er will nun ihre Brust anschauen. Auf der Brust sehen die Pickel kein bisschen anders aus als im Gesicht. Sie hat es ihm gleich zu Anfang gesagt. Trotzdem soll sie den BH ausziehen. Jetzt schaut er widerwillig und macht wieder sein blödes Kinn dazu. Bestimmt findet er ihre Brust zu fett. Denn als er die Lippen wieder in der normalen Stellung hat, fängt er an, vom Abnehmen zu reden. Dauernd reden die vom Abnehmen. Gymnastik soll sie machen und regelmäßig schwimmen gehen, viel Obst und Gemüse essen, nicht so viel Fabrikwurst. Wenig Salz und keine scharfen Sachen. Sie kriegt ein Rezept und soll in einer Woche wiederkommen. „Guck mich noch einmal ganz genau an", sagt die Kathie in Gedanken zu ihrem braungebrannten Hautarzt, „denn du siehst mich jetzt zum letzten Mal in deinem Leben, du arroganter Dreckskerl." Es macht ihr viel Spaß, solche Sachen zu denken. Der kann sie mal kreuzweise, der soll schon noch sehen, wenn keine Patienten mehr zu ihm kommen. Aus ist's dann mit Golf und Tennis. Mit der affigen Arzthelferin macht die Kathie lang und breit einen Termin aus. Nein, da kann sie nicht – sie ist schließlich eine berufstätige Frau. Nein, sie kann nicht nach Belieben in der Firma ein- und ausgehen, wie es der Arzthelferin gerade so passen täte. Wie Tennisbälle werden die Termine hin- und hergeworfen, angeboten und angenommen. Dann wieder zurückgegeben. Dann wieder angenommen und erneut verworfen. Man feilscht und handelt: „Ja, das ginge. Obwohl …?" Nein, da hat sie schon einen ganz wichtigen anderen Termin. Eine Stunde früher wär besser – oder lieber eine Stunde später? Die Kathie blättert aufreizend langsam in ihrem Terminkalender. Doch, sie wird's einrichten können. „Also am nächsten Donnerstag um siebzehn Uhr." Sie lächelt der jungen Frau honigsüß zu. Das kommt bei ihr selten vor. Aber sie fühlt sich in Hochstimmung. Den braungebrannten Affen hat sie jetzt reingelegt. Und die fade Ziege gleich mit dazu.

Die Kathie geht nicht gerne zu Fuß. Zum Glück kommt gerade eine Straßenbahn. Die *Löwen-Apotheke* ist nur eine Haltestelle entfernt. Kathie nimmt ihre Kreme entgegen wie eine Kostbarkeit. Wo sie schon mal in der Innenstadt ist, will sie noch eine Kleinigkeit essen. „Der mit seinem Obst und Gemüse. Wenn man den ganzen Tag gearbeitet hat!" Sie kauft sich lieber ein Würstel mit Senf und Brötchen. Die Kathie muss ein bisschen aufs Geld achten. Aber sie ist bescheiden.

• • •

Wenn sie ein Würstel hat, ist sie glücklich. Sie hat Hunger, weil es beim Arzt so lange gedauert hat. Deshalb ist das Würstel – heute fällt die Wahl auf eine Riesenrostbratwurst – schnell verputzt. Nicht weg dagegen ist der Hunger. Die Kathie traut sich nicht, ein zweites Würstel zu kaufen. Nicht an derselben Bude. Sonst denkt der Kerl da bestimmt: „Waaas, noch e Worschd? Die hot's grad needisch!" Also lieber zum Brezelstand. Am *Paradeplatz* gibt es zum Glück gleich mehrere davon. Jetzt heißt es, sich beeilen, die Straßenbahn ist schon in Sicht. Wie durch ein Wunder schafft es die Kathie, noch vor dem Einsteigen zwei Brezeln in sich hineinzustopfen und hinunterzuschlingen. Ein paar Brocken wirft sie den hungrigen Tauben nach. Sie fühlt sich ein bisschen unwohl, Würstel und Brezeln liegen ihr schwer im Magen. Außerdem hat sie keinen Sitzplatz und steht grob eingezwickt inmitten einer Menschentraube. An der Haltestelle *Tattersall* muss sie aus- und umsteigen. Laut schimpfend kämpft sie sich zwischen den anderen Fahrgästen hindurch ins Freie. Die Handtasche presst sie verkrampft an ihre Brust, damit sie ihr nicht entrissen wird im Gedrängel. Ein Bündel Kontoauszüge aus dem Büro hat sie hineingestopft. Die will sie sich zu Hause in Ruhe anschauen. Erlaubt ist das eigentlich nicht. Aber die Kathie hat ganz fest vor, sich im Büro unentbehrlich zu machen.

Buchhalterin ist ein wunderschöner Beruf. Gelernt hat die Kathie bei einem Steuerberater. Ausgenutzt hat der sie, der Halsabschneider. Und verdient hat sie ganz wenig. Gleich nach der Ausbildung hat sie der Chef auf die Straße gesetzt. Als hätte er es kaum abwarten kön-

* * *

nen, sie wieder loszuwerden. Von Anfang an hatte der sie nicht leiden können. Die Karin, ja, die hat er natürlich behalten. Die mit ihren blonden Haaren. Und ganz gertenschlank war die damals. Heute ist sie geschieden. „Kein Wunder", denkt die Kathie, „das war vielleicht eine dumme Kuh". Sie freut sich. Sie findet es besser, wenn man nicht verheiratet ist. Da kommt dir keiner dumm. Man ist sein eigener Herr. Nachts hat man seinen Frieden. Der Tag ist schon anstrengend genug.

Buchhalterin ist die Kathie eigentlich nicht direkt. Gelernt hat sie: Steuergehilfin. Heute heißt das Steuerfachangestellte. Die Kathie verzieht höhnisch das Gesicht. Sie kennt sich aus mit Zahlen, auch ohne so einen Angeber-Namen. Leider ist sie ein bisschen raus aus der Materie. Das Steuerrecht ändert sich ja alle drei Minuten. Wenn man da nicht am Ball bleibt, ist man weg vom Fenster. Nach der Lehre hat sie mal hier, mal dort gearbeitet. Vor allem in der Buchhaltung. Das war immer hochinteressant. Zahlen machen ihr Spaß: Rechnungen verbuchen, Konten abgleichen, Listen und Tabellen ausarbeiten, Mahnungen schreiben. Alles zusammenzählen. Oder voneinander abziehen. Warum stimmen die Zahlen nicht überein? Irgendwo muss der Rechenfehler doch liegen. Die Kathie findet den Fehler. Oft bleibt sie länger, um die Fehler der Kollegen zu finden. Das macht sie gern, das macht ihr nichts aus, sagt sie zum Chef. Deshalb sind die Kollegen neidisch. Sie schwärzen die Kathie beim Chef an. Irgendwie läuft es immer auf eine Kündigung hinaus. Ihr wird nie geglaubt. Noch nie im Leben ist ihr so richtig geglaubt worden. Zurzeit arbeitet sie bei einer Arbeitskräfteverleihfirma. Bei der fünften mittlerweile. Für die Kathie sind die alle gleich: Lauter Gauner und Betrüger. Zahlen wenig, stecken das Geld in ihre eigenen Taschen. Bloß fürs Rumtelefonieren streichen die Millionen von Euros ein, die Sklaventreiber. Wenn du ihnen nicht mehr passt, schmeißen sie dich raus. Dann haben sie plötzlich keine Aufträge mehr. *Wer's glaubt, wird selig.* „Die angespannte Arbeitsmarktlage", sagen sie dann, „Sie wissen ja selbst ...". Du musst denen alles glauben. *Gute Miene zum bösen Spiel* machen. Dann geht man zur nächsten Arbeitskräfteverleihfirma und zur übernächsten. Urlaub kann man nicht machen, wenn man mitten in einem Einsatz ist. „Urlaub bitte nur zwischen den Einsätzen", kriegt man gleich beim Vorstellungsgespräch zu hören. Und die Einsätze sind natürlich in der Urlaubszeit, wenn die Angestellten in den Süden fliegen und faul am Strand herumliegen und sonst was treiben. Man weiß ja, wie's im Süden so zugeht, moralisch. Man selbst muss zu Hause bleiben und denen ihre Arbeit machen. Ordnung in das Chaos bringen, das die hinterlassen. Die hauen einfach so ab „uff die Dominikanisch" und lassen alles stehen und liegen. Herrschaftszeiten, wie sieht's da manchmal auf den Schreibtischen aus! Die Aushilfskraft wird's schon richten. Alles voller Rechenfehler! Die darf die Kathie dann suchen und ausbügeln. Aber denen kündigt niemand. Die sitzen fest auf ihrem Posten. Lauter Faulpelze und Nichtskönner. Wie die Ärzte.

Im Briefkasten findet die Kathie einen Zettel:

• • •

„Deine Schwester hat morgen Geburtstag, bitte nicht vergessen. Mama."

Ach herrje, die Ulla hat ja Geburtstag. Die Mutter denkt immer, die Kathie vergisst alles. Diesmal hat sie es ja wirklich vergessen, aber sie ärgert sich über die doofe Erinnerung. Sie ist schließlich kein Baby mehr. Was soll man jetzt noch schnell kaufen? In der Innenstadt hätte sie daran denken sollen. Hier, im Vorort, gibt es ja keine gescheiten Geschäfte. Außerdem hat sie kaum noch Geld. Die Schwester hat viel mehr Geld. Der Schwager verdient gut. Und auch die Ulla hat richtig Karriere gemacht. Chefsekretärin ist die. Glück hat die gehabt, schon immer. Groß ist die. Hübsch und blond. Schlank sowieso. Die kommt mehr nach dem Vater. Wenn die mal einen einzigen Pickel an sich findet, bricht gleich die ganze Welt zusammen. Toll sieht die aus, gute Figur. So eine verdient natürlich jede Menge Geld. Und jetzt soll die Kathie so einer noch was zum Geburtstag schenken? Mürrisch schließt sie ihre Wohnungstür auf und schreit sofort gellend nach der Katze. Auf dem Fußboden hat sie eine Lache entdeckt. Sie stöbert die Katze unter dem Sofa auf und schleift das kreischende Tier am Genick quer durch das Zimmer bis in den Flur. Die Katze wird mit dem Gesicht in die Lache getaucht, der Kiefer schlägt hart auf dem Boden auf. Die Kathie hört eine ganze Weile nicht mehr auf mit dem Schreien. Dann geht es ihr wieder besser.

Chefsekretärin, das ist sowieso ein blöder Beruf. Da ist man bloß eine bessere Kaffeekocherin. Das würde ihr nicht einfallen, für so ein Rindvieh von Chef dauernd Kaffee zu kochen. Die Kathie hat es nicht nötig, sich zu verkaufen. Sie weiß, was sie kann, sie weiß, was sie wert ist. Sie kann gut rechnen. Das ist immerhin wichtig. Die Ulla war eine gute Schülerin. Die hat es viel leichter gehabt. Von Anfang an hat die gute Noten heimgebracht. Privatstunden hat der Vater der sogar bezahlt, obwohl er sonst geizig ist. Der Kathie hat er nichts bezahlt. Die war nur fürs Rechnen begabt. Schreiben und lesen ging nicht so gut. Am Anfang ging's überhaupt nicht. Alle haben über die Kathie gelacht. Später ging's dann ein bisschen besser. Aber eine gute Schülerin war die Kathie nie, nur Hauptschulabschluss. Die Ulla hat mittlere Reife. Und die Eltern sagen auch immer, dass die Kathie nichts kann. Dass die nichts weiß von der Welt und ungebildet ist. „Rechnen", sagt die Mutter, „das ist nicht alles. Du musst auch einen schönen Brief schreiben können, das macht Eindruck auf die Kundschaft". Ja, die Ulla kann das. Die schreibt sogar die Geschäftsbriefe für ihren Chef, wenn der keine Zeit hat. Der unterschreibt dann nur noch. Dafür bringt er ihr Mon Chéri mit und die Ulla freut sich und zeigt jedem die Mon-Chéri-Schachtel und erzählt überall herum: die hat sie von ihrem Chef. Was soll man so einer zum Geburtstag schenken? Die hat doch alles. „Eine kleine Aufmerksamkeit, nur um den guten Willen zu zeigen" und „Geben ist seliger denn nehmen", sagt die Mutter immer. Eine Bonbonnière mit gemischten Pralinés? Die Kathie wird es sich überlegen und darüber schlafen.

Die Katze hat Hunger, aber sie hat sich verkrochen und traut sich nicht aus ihrem Versteck. Außerdem

• • •

blutet sie ein bisschen aus der Nase. „So ein Drecks-viech", ärgert sich die Kathie. Dann macht sie es sich auf dem Sofa gemütlich und wühlt in ihren Videokas-setten herum. Heute ist ihr mal wieder nach John Way-ne. Dabei knabbert sie genüsslich Salzstangen. Hunger hat sie keinen mehr, Würstel und Brezeln haben ihr gereicht. Verfressen ist sie beileibe nicht.

FREITAG. Die Kathie kriegt Zustände wegen Mexiko, schenkt ihrem Chef reinen Wein ein, beweist schauspielerisches Talent, ersteht ein gutes Tröpfchen, verliebt sich in Bruno und isst versalzene Kalbsbrust.

Am nächsten Morgen ist die Kathie schlecht ausgeschlafen. Bis weit nach Mitternacht hat sie einen Videofilm geguckt und Bier dazu getrunken. Sie liebt romantische Filme. John Wayne hat mitgespielt, Kathies großer Schwarm und Liebling. Dieses Mal ohne Cowboyhut, sondern ganz elegant mit Zylinder. Eine Geisha war auch dabei und jede Menge Japaner. Anfangs ist John Wayne noch höflich geblieben, obwohl die Japaner ihn hassten und ihm böse Streiche spielten. Dem Shogun hat er sogar einen gemütlichen Stuhl geschenkt, damit der nicht ständig unbequem auf dem Boden herumlungern musste. Außerdem eine Flasche mit altem Whisky. Danach ist eine schreckliche Krankheit ausgebrochen. Rührend haben sich John und die Geisha um die Kranken gekümmert. John Wayne, ganz furchtloser Held und knallharter Verhandler, wenn er seinen Widersachern gegenübersteht. Groß und mächtig überragt er die zierlichen Japaner. Hier haut er einem mit der Faust aufs Kinn, dass der umfällt wie ein Sack, dort schlägt er gleich ein paar dieser Zwerge auf einen Streich zusammen. Aber wie sich der Tonfall ändert, wenn er als galanter Kavalier mit der Geisha spricht. Das ist ein Mann nach Kathies Geschmack: *Raue Schale, weicher Kern*.

Wie alle Menschen, die sich ihr Leben klein und eng eingerichtet haben, hungert auch die Kathie nach berauschenden Abenteuern der Phantasie. Sie findet nur, dass John in dem Film ein bisschen zu pummelig geraten ist. *Ihr* macht es ja nichts aus, *sie* achtet nicht auf Äußerlichkeiten. Nur auf den guten Charakter kommt es ihr an. Aber die Kolleginnen würden sich lustig machen. „Das ist wieder mal typisch", würden sie sagen, „dieses feiste alte Monster raspelt Süßholz und macht sich an die junge Asiatin heran. Dass der sich nicht schämt". Da hat die Kathie mitten in der Nacht stellvertretend für John Wayne eine Riesenwut auf die ganze Welt gekriegt. Nur weil der ein bisschen vollschlank ist, wird ihm jede Freude missgönnt. Diese Oberflächlichkeiten kennt sie zur Genüge. Es ist zum Kotzen: Nur weil man nicht blond und schlank ist wie die Ulla … Alles ist so ungerecht, dass die Kathie sich in ihrer Verzweiflung noch ein Bier hat holen müssen, bevor sie den ergreifenden Film laut schluchzend zu Ende gucken konnte. Am Schluss haben sie sich verliebt. John hat der Geisha sogar einen Heiratsantrag gemacht. Aber weil die einen Schwur gebrochen hatte, wollte sie lieber Buße tun und hat auf ihr Lebensglück mit John verzichtet. Danach konnte die Kathie lange nicht einschlafen. Immer wieder musste sie darüber nachgrübeln und ein paar Tränen vergießen. So ein sensibler Mensch ist die Kathie!

Und auch noch heute Morgen spukt ihr der Film im Kopf herum. Ja, man sollte niemanden nach seinem Aussehen beurteilen. Nur auf die inneren Werte kommt es an. Die Kathie schüttet der Katze Trockenfutter in den Napf. Frisches Trinkwasser vergisst sie, die Straßenbahn wartet nicht. Sie hat keine Zeit mehr, nach dem Tier zu suchen. Immer versteckt die sich. Dafür hat man eine Katze? Heute Abend will sie ihr etwas Gutes mitbringen. Heute ist Freitag, da darf man bei der Verleihfirma einen Vorschuss abholen. Die machen immer so einen Aufstand. Nur soundsoviel Prozent Vorschuss kann man pro Woche kriegen. Der Rest wird aufs Konto überwiesen. Die lassen nicht mit sich reden. Für ein kleines Geburtstagsgeschenk wird's reichen. Wenigstens muss sie fürs Wochenende nicht so viel einkaufen, weil die ganze Familie bei der Ulla zum Essen eingeladen ist. Was übrig bleibt, darf die Kathie für sich und die Katze mit nach Hause nehmen. Während der Straßenbahnfahrt denkt sie über ein passendes Geschenk nach. Die Pralinen-Idee wird verworfen. Sie entscheidet sich für eine Flasche Wein: Das macht immer einen guten Eindruck. Der Schwager ist ein kultivierter Mann, der gerne Rotwein trinkt. Dann hätte der wenigstens auch was von dem Geschenk.

Im Büro fallen der Kathie die Kontoauszüge wieder ein. Die hat sie zu Hause auf dem Tisch liegen lassen. Vor lauter lauter einfach vergessen. Alles wegen dem Viech. Macht nichts, die Geldeingänge kann sie auch am Montag noch verbuchen. Die ganze Büro-Bande ist sowieso schon mit dem Kopf im Wochenende, es wird niemandem auffallen.

Mit den Kollegen versteht die Kathie sich nicht besonders gut. Als Aushilfskraft ist man immer das fünfte Rad am Wagen. Besonders wenn man besser mit Zahlen umgehen kann als alle anderen. Die stehen dauernd beieinander und tuscheln. Die Kathie könnte darauf schwören: Kaum verlässt sie das Zimmer, wird über sie geschwätzt. Der Chef darf überhaupt nicht merken, dass die Kathie so gut im Rechnen ist. Lieber erzählen sie ihm, was die Aushilfskraft alles nicht weiß. Zum Beispiel arbeitet im Büro eine Mexikanerin. Die kann Spanisch sprechen. Die Kathie hat sogar extra einmal nachgefragt, was die da eben Komisches am Telefon gesprochen habe mit ihrem Kind. „Spanisch". Seit diesem Tag ist sie für die Kathie nur noch „die spanische Kollegin". Heute kommt ihr auch wieder einer frech und sagt: „Aber die ist doch aus Mexiko". Die Kathie bleibt stur: „Nein, die ist Spanierin". Sie weiß wenig von der Geographie. Weiß der Teufel, wo jetzt Mexiko wieder liegt. Es muss aber in Spanien liegen, wo die doch Spanisch spricht. Die Kollegen sterben vor Lachen. Sie erklären ihr die Welt. Doch die Kathie lässt sich nicht alles gefallen. Sie kriegt Zustände und Ausbrüche. Das hat sie oft. Vor allem, wenn man ihr blöd kommt und alles besser weiß. Wie die Ulla zum Beispiel. Und auch der Vater und die Mutter. Sie merkt schon vorher, wenn es anfängt mit dem Wutausbruch. Wenn es angefangen hat, geht es immer weiter und sie kann es nicht mehr aufhalten. Sie wird schrill. Und laut. Sie schreit. Ihre Stimme schnappt über. Die Leute verstummen, niemand lacht mehr. Die Kathie kreischt in den höchsten Tönen. Es hört sich so unwirklich fremd an als kreische eine Katze. Sie steigert sich hinein. Sie hört nicht auf mit dem Schimpfen. Sie regt sich fürchterlich auf. Sie beharrt auf ihrem Standpunkt: „Mexiko liegt in Spanien. Weil man dort Spanisch spricht. Basta". Und jetzt will sie nichts mehr davon hören. Sie ist nicht schwachsinnig. Auch wenn die Kollegen das so gerne behaupten. Weil die Angst um ihren Posten haben. Weil die Kathie so gut rechnen kann. Weil sie immer die Fehler findet, die die anderen machen. Weil die alle doof sind und nicht richtig zusammenzählen und abziehen können. Sie war schließlich auch auf einer Schule. Sie hat es schwer gehabt mit dem Lesen und dem Schreiben. Weil das nämlich eine Krankheit ist. Da könnt ihr jeden Arzt fragen. Ja, sitzen geblieben ist sie auch, sogar zweimal. Jetzt wisst ihr's. Jetzt habt ihr gleich noch was zum Lachen. Na und? Sie kann nichts dafür. Die Eltern haben sich nur um die Schwester gekümmert. Die Kathie ist immer nur an zweiter Stelle gekommen. Bei ihr hat es sich nicht gelohnt, Geld zu verschwenden für Nachhilfestunden. Der Vater war dagegen, die Mutter hat nichts dazu gesagt. „Die lernt das schon noch alles in der Schule", hat es geheißen. Aber das ist kein Grund, sie für dumm zu verkaufen. Es kommt nur auf die inneren Werte an, nicht auf die Schulnoten. Erst recht nicht auf das Aussehen. Nur weil sie nicht blond ist. Nur weil man ein bisschen dick ist, machen sich alle lustig. Sie schäumt, sie zetert. Die Kollegen sind erschüttert. Alle gehen still ihrer Wege. Jeder denkt: „Um Gotteswillen, die spinnt ja". Aber Angst haben sie jetzt vor ihr. Die Kathie mag das, wenn jemand Angst vor ihr hat. Hektisch hackt sie Zahlen in die Tischrechenmaschine hinein und gibt sich ihrem heimlichen Lieblingstraum hin: Einmal ein Gewehr besitzen wie John Wayne, hineinhalten in die Idiotenmenge und das Dreckspack wegballern, bis nichts mehr übrig bleibt als winzige blutige Fleischfetzen in allen Ecken und Winkeln der Stadt verteilt. Schon ist sie wieder gut gelaunt. „Ich bin

• • •

wie der Vater", denkt sie. „Aufbrausend, aber nicht nachtragend." Da hat sie es besser als die Ulla. Die ist wie die Mutter: immer und ewig beleidigte Leberwurst. Die Kathie kontrolliert die Zahlenreihen penibel, findet Fehler, zeigt sie stolz lächelnd dem Chef. Es geht ihr wieder gut. Niemand redet mit ihr, niemand kann sie leiden. „Mir doch egal", denkt die Kathie, „heute ist Freitag, gleich ist Feierabend und ich darf die Ulla besuchen". John Wayne hätte sich das auch nicht gefallen lassen, da ist sich die Kathie ziemlich sicher. „Zuschlagen und verschwinden" hätte der in so einer Situation gesagt.

Aber den Vorfall von gestern, den Bonbon-Diebstahl, den hat die Kathie nicht vergessen. Sie weiß, was ihre Pflicht ist. Bevor sie in den Feierabend verschwindet, geht sie zum Chef. Der ist auch immer länger da. Sogar heute am Freitag, wenn alle anderen schon ganz früh abhauen. Der hat die ganze Verantwortung auf seinen Schultern zu tragen: Was für ein schweres Leben!

Die Kathie klopft erst zaghaft, dann macht sie vorsichtig die Tür auf, weil sie von drinnen nichts hört. Ob er doch schon weg ist? Aber der Chef sitzt vor seinem Bildschirm und ist so in den Anblick nackter Tatsachen versunken, dass er ertappt zusammenfährt, als die Kathie plötzlich vor ihm steht. Mit einer einzigen hektischen Bewegung fegt er den Aschenbecher samt Inhalt vom Tisch. Die Kathie kriegt ein ganz schlechtes Gewissen: Jetzt hat sie den armen Mann so erschreckt. Sie hätte energischer anklopfen sollen. Ob er böse auf sie ist? Bestimmt meckert er gleich los. Aber der Chef hat sich schnell wieder im Griff. „Moment", sagt er und schließt hastig die pikante Website. „Was gibt's?" Die Kathie druckst herum. Immer fehlen ihr die richtigen Worte. Sie weiß nie, wie sie anfangen soll und ärgert sich, dass sie nicht vorher in aller Ruhe überlegt hat. Aber ihr Gerechtigkeitssinn treibt sie an, die Sache muss aus der Welt geschafft werden. Zuallererst rechtfertigt sie sich: Sie wäre nicht gekommen, ihn zu stören, wenn nicht ... Sie sei nicht der Typ, der über andere ... Aber in diesem ganz speziellen Fall ... Sie wird nämlich verdächtigt. Ja, das weiß der Chef natürlich nicht. Weil sie nur für ein paar Wochen hier arbeitet und nicht richtig dazugehört. Deshalb wird sie verdächtigt: die Schokolade, die Pralinés und überhaupt alles. Immer sind die Mon Chéri weg. Aber jetzt hat sie eine Beobachtung gemacht. Sie ist eine ordentliche Person. Und fleißig. Der Chef sieht doch, dass sie immer länger bleibt als die anderen. Sie ist gut im Rechnen. Aber die Putzfrau war's. Die Kathie hat alles gesehen.

Der Chef versteht nichts. Heimlich späht er nach der Uhr. Das Gerede langweilt ihn zu Tode. Was will die schreckliche Person von ihm? Die soll verschwinden. Die soll ihn von ihrer Gegenwart befreien. Niemals würde er ein derart abstoßendes Ding in seiner Firma einstellen. Und so etwas hat einen Freund. Es gibt schon seltsame Geschmäcker. Wie der wohl erst aussieht? Der Chef stellt sich gewisse Dinge vor und schüttelt sich. Dann reißt er sich zusammen. Er weiß, wie man sich als Vorgesetzter zu verhalten hat, er hat mehrere Seminare für Führungskräfte besucht: Verständ-

● ● ●

nisvoll geht man auf die Sorgen und Nöte seiner Unter-
gebenen ein. Behutsam fragt man aus ihnen heraus,
was ihnen auf der Seele brennt. Man führt ihre Sätze zu
Ende, wenn sie sich verhaspeln und blöde faseln. Man
legt ihnen die richtigen Worte in den Mund und kom-
plimentiert sie schnellstmöglich aus dem Zimmer hinaus. Das sind doch alles kleine Lichter, bedauernswerte
Geschöpfe. Die machen eine armselige Ausbildung und
denken Wunder weiß was. Austauschbar sind die wie
Batterien. Was geht ihn diese Meute an? Er hat ganz
andere Sorgen und ein schweres Leben: die ganze Verantwortung lastet auf seinen Schultern. Und was will
diese vollgefressene Ratte jetzt, das er tun soll? Er hat
nichts gegen die Putzfrau. Die räumt seine Kippen weg
und wischt ihm den Schreibtisch sauber. Außerdem
hält die ihr Maul und stört ihn nicht mit nervigem Ge-
quatsche. Im Gegensatz zu der da. Besser sieht die Tür-
kin allemal aus. Sogar richtig knackig. Andererseits:
Irgendwie muss er reagieren. Diese Person hat ihn in
einem schwachen Augenblick ertappt. Er hat unsinnig
heftig reagiert, beinahe die Arme hoch über den Kopf
geworfen vor Schreck. Und sein Gesicht ist rot wie eine
Tomate und glüht immer noch. Peinlich! Er ist niemand-
dem Rechenschaft schuldig. Er ist der Chef. Aber er hat
Schwäche gezeigt. Er hat sich gehen lassen. Nun belau-
ert er die Kathie, beobachtet und versucht zu erraten,
ob sie sein Erschrecken bemerkt und sich irgendetwas
dabei gedacht hat. Ob die überhaupt denken kann? Er
ist sich nicht sicher. Die plappert und plappert. Lauter
wirres Zeug. Er traut ihr nicht. Die hat so was Falsches
in den Augen. Die Sache gefällt ihm nicht. Wenn die am

* * *

Montag herumerzählt, was sie gesehen hat ... In der Abteilung wird viel getuschelt und getratscht. Das hat er schon mitbekommen. Wie schnell geht da seine Autorität flöten. Vielleicht nimmt ihn dann keiner mehr ernst. Niemand hat mehr Respekt. Er fürchtet sich vor der Meute da draußen. Nur seine Stellung gibt ihm Stärke. Aber wie schnell kann seine Sicherheit zerbröseln. Die Leute sind dankbar für jeden Grund, ihm ihren Respekt zu entziehen. Er kennt das aus Erfahrung. Gierig wie die Geier werden sie sich auf ihn stürzen.

Die Kathie macht sich wie jeden Freitag auf den Weg zu ihrer Verleihfirma, um sich den kleinen Vorschuss abzuholen. Heute braucht sie ein bisschen mehr. Das Geld rinnt ihr durch die Finger. Die Miete, die Fahrscheine. Und so eine Katze frisst auch allerhand zusammen. Für eigenes Essen braucht sie nicht viel. Da ist sie bescheiden. Zwei, drei Würstel reichen ihr für den Abend. Ab und zu ein Hamburger mit Pommes. Einen Vorrat an Knabberzeugs hat sie immer im Wohnzimmerschrank. Auch Schokolade. Ein Fünfer-Pack kommt billiger. Vollmilch-Nuss mag sie am liebsten. Die Schokolade ist nur für den Notfall. Manchmal treten mitten in der Nacht Hungerattacken auf. Dann muss die Kathie aufstehen und eine Tafel Schokolade vertilgen. Oder eine Schachtel Pralinés. Mittags in der Kantine holt sie sich am liebsten ein süßes Teilchen. Ab und zu auch mal zwei. So ein teures Mittagessen mit Suppe und Salat und Hauptgang und Nachtisch wie die Kollegen, das braucht sie nicht. Kantinenessen ist sowieso ungesund. Das haben sie im Fernsehen gebracht. Bloß morgens holt sie sich dort immer zwei Wurstbrötchen oder ein

* * *

Wurst- und ein Schinkenbrötchen. Ab und zu wird Kathies Leib- und Magenfrühstück angeboten: der LKW = Lewwerkäsweck. Den liebt sie, der ist deftig. So einen verfeinerten Geschmack wie die Ulla hat die Kathie nicht. Komisch: Die Ulla, die kommt doch aus derselben Familie. Früher hat man zu Hause Sauerkraut mit Würstel gegessen oder Würstel mit Kartoffelbrei und solche Sachen. Aber seit die Schwester Chefsekretärin ist, denkt die, sie ist was Besseres und muss was Besseres haben. *Vornehm geht die Welt zugrunde.*

Die Firma, in der die Kathie zurzeit arbeitet, handelt mit Wursthüllen aus Kunststoff: Kunstdärme. Meist aus Viskose oder Polyester. Auch auf Textilbasis. Die Kathie hat sich mit der Produktpalette vertraut gemacht. Sie arbeitet in der Debitorenabteilung und muss Zahlungseingänge verbuchen und offene Rechnungen im Auge behalten. Aber sie möchte schon gerne wissen, was genau sie da eigentlich verbucht. Die Kolleginnen interessiert das nicht. Die interessiert nur, mit wem sie sich am nächsten Wochenende im Bett herumwälzen werden. Der reine Stumpfsinn. Die Kathie dagegen findet es wichtig, ob einer für runde oder lange Kunstdärme bezahlt. Mit oder ohne Naht. Eine interessante Tätigkeit, äußerst anspruchsvoll. Außerdem braucht man eine gute Menschenkenntnis. Die Kunden sind hauptsächlich Metzger. Wenn einer nicht pünktlich zahlt, muss die Kathie schon mal in der Metzgerei anrufen und nachfragen, was da los ist und wo eigentlich das Geld bleibt. Da ist sie streng, bezahlt werden muss! Die Kathie regt sich schnell auf. Manchmal kreischt sie in den Hörer hinein: „Wenn das Geld nicht bald da ist,

• • •

dann können Sie sich Ihre nächsten Därme in Honolulu kaufen". Das klappt dann immer prima. Aber Metzger haben in der Regel eine gute Zahlungsmoral. Anders als die Zahnärzte. Die hat sie früher auch schon mal verbuchen müssen. Die zahlen schleppend. Dabei haben die doch genug auf der hohen Kante. Da hat sie oft in den Hörer hineinkreischen müssen. Denen hat sie vielleicht Beine gemacht. Der Chef hat das nicht gerne gehört. Obwohl der das Geld ja auch hereinhaben wollte. Der hat bei der Arbeitskräfteverleihfirma angerufen, die Kathie dort angeschwärzt von wegen schlechter Kinderstube und so weiter und dann ist die Kathie ganz schnell woanders hingesteckt worden. Bloß wegen der Zahnärzte. Alles grobe Klempner. Aber die Metzger müssen unterstützt werden. Deshalb isst sie lieber Wurst als Käse. Sonst geht die Firma noch bankrott.

Die Kathie ist schon schrecklich neugierig und gespannt, was es bei der Ulla zum Geburtstagsessen geben wird. Bestimmt wieder so etwas mit Gratin und Soufflée. Da haben die Metzger nichts davon. Da kriegen die Schwierigkeiten, ihre Rechnungen zu begleichen. Am allerliebsten kocht die Schwester nämlich Gerichte, die die Kathie nicht aussprechen kann. Dann kann sie wieder sagen: „Du, Kathie, heutzutage ist es unheimlich wichtig, wenigstens *eine* Fremdsprache gut zu beherrschen." Die Ulla kann sogar zwei Fremdsprachen. Sogar Spanisch, weil sie jedes Jahr mit ihrem Mann nach Spanien fährt. Dauernd erzählt sie davon. Und der Schwager nickt dazu und ist stolz auf seine Frau. Ja, wenn man blond ist und schlank, da hat man's eben leicht. Die Ulla müsste mal das ganze Gesicht voller eitriger Pickel haben. Dauernd platzt einer auf. Da würde die keine Lust mehr haben, Spanisch zu lernen. In einer Schulklasse sitzen mit so einem Pickelgesicht. Dicht an dicht nebeneinander. Und dauernd Spanisch sprechen müssen. Die Kathie mag nicht so nahe bei anderen Leuten sitzen. Sie riecht oft ein wenig nach Schweiß. Und das ist nicht nur eine gemeine Beleidigung von den Kollegen. Den Schweiß kann sie selber an sich riechen. Dabei wäscht sie sich jeden Abend. Morgens auch. Sie ist eine reinliche Person. Sie sprüht sich auch am ganzen Körper mit Deo ein. Sie sprüht, bis sie husten muss. Ein edler Duft ist es nicht, aber sie hat kein Geld, um in die teure Parfümerie zu gehen, in der die Ulla immer einkauft. Da wo lauter elegante Damen als Verkäuferinnen arbeiten. Da traut die Kathie sich nicht hinein. Sie kauft ihr Deo lieber im Supermarkt. Große Dosen, ganz billig. Etwas anderes lohnt sich für sie gar nicht. Denn kaum ist sie im Büro, dringt der Schweißgeruch schon wieder durch. Dann muss sie gleich sprühen. Sie kann nichts dafür. Bestimmt ist es eine Krankheit. Aber zum Arzt will sie nicht. Der sagt dann sowieso bloß wieder: „Abnehmen, Obst und Gemüse".“ Andere haben viel mehr Übergewicht, aber sie wird dauernd von den Ärzten angemacht. Zu denen geht sie nicht gerne hin. Außerdem wollen die immer etwas verschreiben, und das kostet Geld. Dann doch lieber Deos versprühen.

Und jetzt muss sie auch noch eine Flasche Rotwein kaufen. Wenn sie dafür in ein Weingeschäft geht: Du lieber Himmel! Also besser in den Supermarkt. Dort gibt's auch was Gutes. Aber sie kennt sich nicht aus.

• • •

Sie selbst trinkt ja keinen Wein. Nur ab und zu ein Bier, damit man einschlafen kann. Jemand müsste sie beraten. Also doch in einen Getränkeladen? Die verpacken das auch als Geschenk. Irgendwas Billiges wird es dort ja auch geben. Vielleicht ein Sonderangebot. Oder etwas Abgelaufenes. Das fällt bei Wein nicht so auf. Der wird ja im Gegenteil mit dem Alter immer besser. Andererseits will sie sich nicht lumpen lassen. Es soll nicht wieder heißen, die Kathie hat keinen Geschmack und kennt sich nicht aus mit der Kultur. Wein ist Kultur. Das weiß sie vom Schwager.

Ach, das wär doch *die* Idee! Die Damen von der Arbeitskräfteverleihfirma sind immer so gemein und hartherzig und machen ein Riesen-Trara wegen dem Vorschuss. Aber wenn die Kathie nun bestohlen worden wäre? Das ganze Geld auf einen Schlag weg? In die Handtasche wird einem im Gedrängel schnell hineingegriffen. Überall ist Gesindel unterwegs. Die Polizei kümmert sich einen Dreck um die anständigen Bürger. Manchmal reiten zwei Polizisten auf ihren Pferden durch die *Planken* und durch die *Breite Straße*. Aber die gucken gar nicht nach den Verbrechern, die unterhalten sich bloß und lachen miteinander. Ratzfatz passiert ein Diebstahl. Von ihrer genialen Idee wird der Kathie ganz froh und warm ums Herz. Jammern kann sie gut. Im Bedarfsfall auch herzerschütternd weinen. Sie wird das harte Herz der Damen rühren und erweichen und ein bisschen mehr Vorschuss kriegen. Sie ist zuversichtlich. Es ist nur eine kleine Notlüge, das schadet niemandem. Außerdem braucht eine Katze auch mal frisches Fleisch und nicht immer nur das trockene Zeugs.

• • •

Mit einem Tier übernimmt man Pflichten. Ein anständiger Mensch sorgt sich um sein Tier.

Die Kathie macht ihre Sache vorzüglich. Sie spielt ganz großes Theater, schießt weit über das Ziel hinaus, so sehr erregt sie sich über den gemeinen Taschendieb: „Ein Ausländer war's. So ein Schwarzhaariger mit stechendem Blick". Was soll sie bei der Polizei? Die kümmern sich nicht. Jetzt hat sie stundenlang für die Katz gearbeitet, für nichts und wieder nichts. Wie soll sie durch die nächste Woche kommen? Tiere hat sie zu versorgen und ein bisschen essen muss man schließlich auch. Trotzig greift sie die beiden Damen an. Ob die vielleicht meinen, die Kathie sei zu dick und könne gut mal eine Woche lang fasten? Das kann sie aber nicht, da wird ihr schlecht. Nur weil man vollschlank ist, kriegt man kein Geld. *Das* müsste mal an die Öffentlichkeit, da müsste man mal einen ausführlichen Leserbrief an den *Mannheimer Morgen* schreiben: Die Gangster laufen fröhlich in der Stadt herum und anständige Menschen sollen verhungern.

Vor lauter Empörung fängt Kathies Stimme an, schrill zu werden. So eine himmelschreiende Ungerechtigkeit: Diese schlanken Damen da in ihren Kostümchen. Ach was, von wegen schlank: klapperdürr! Was wissen die denn überhaupt? Spielen sich hier auf und selbst soll man mit einem Almosen abziehen. Kein Pickelchen im Gesicht, alles mit Schminke zugekleistert, pfui Teufel, und die Kathie muss ihr ganzes Geld für medizinische Kremes ausgeben. Ein alles umfassender Hass breitet sich in der Kathie aus. Sie wird so roh, dass sie schließlich mit einem zusätzlichen Schein von dannen ziehen darf. Aber nur dieses eine Mal und nur ganz ausnahmsweise. Man will keinen Ärger kriegen mit der Geschäftsleitung, man ist ja selbst nur Angestellte. Die Kathie bedankt sich wie ein braves kleines Mädchen. Beinahe macht sie noch einen Knicks dazu. Mehrmals betont sie die Einmaligkeit ihrer Bitte. Sie dreht sich an der Tür noch einmal herum und macht zum Abschied eine demütig-dankbare Geste. Dann steht sie mit heißen Backen im Fahrstuhl. Geschafft, gut gemacht. Sie schwitzt und kann den Schweiß riechen. Jetzt aber nichts wie ab ins Weingeschäft. Aber vorher muss sie unbedingt ein Würstel essen: „Eine Currywurst, bitte!" Sie hat Stärkung nötig. Wenn man sich ärgern muss, kriegt man Hunger.

Der Weinladen in den *Mannheimer Quadraten* ist schick und exquisit und heißt: Vinothek. Die Kathie schleicht zehn Minuten auf der Straße hin und her, bevor sie sich hineintraut zu dem jungen Mann. Eine Flasche Rotwein soll es sein? Französisch, italienisch ...? Französisch kommt der Kathie irgendwie edler vor. Sie hat sich vorgenommen, eine ausführliche Beratung in Anspruch zu nehmen. Es kommt ihr entgegen, dass der Laden ganz leer ist. Sie lässt sich die Namen vorsprechen: Bordeaux, Châteauneuf-du-Pape, Côte du Rhône. Hier ein A.O.C. de Bourgogne. Dort ein Grand Cru Classé A. Sie hängt dem jungen Mann an den Lippen, lässt sich mitreißen vom eleganten Klang der Worte, die ihr weich wie Honig in die Ohren fließen und sie taub machen gegen die Stimme der Vernunft. Französisch, das kann die Ulla nicht. Unbedingt muss sie auch

* * *

einmal so etwas Feines kosten. *Ein Gläschen in Ehren kann niemand verwehren.* Das ist Kultur. Da soll noch mal jemand sagen, die Kathie hat keine Ahnung. Jetzt müssten die Kollegen und Kolleginnen sie sehen. Ganz Frau von Welt steht sie in einem feinen Laden und lässt sich über Rotweine beraten. Wie der Pfarrer in der Kirche spricht der junge Mann: Sanft, salbungsvoll und mit ehrfürchtig gedämpfter Stimme. Wunderschöne Sachen sagt er. Zum Beispiel: Gereift im Barrique-Fass. Oder: Ein markanter Wein mit erdigem Nachgeschmack. Er doziert über die richtige Trinktemperatur, philosophiert über die Unverzichtbarkeit des Dekantierens. Die fremden Begriffe wirbeln der Kathie nur so im Kopf herum. Aufs Äußerste konzentriert saugt sie alles in sich auf und versucht, dieses und jenes im Gedächtnis zu behalten. Der Abgang. Die Säure. Das Bouquet. Wenigstens ein bisschen davon möchte sie heute Abend beim Geburtstagsessen zum Besten geben. Den Schwager beeindrucken. Das ist ein feiner Mann!

Und jetzt darf sie sogar verschiedene Weine probieren. Verkosten nennt der junge Mann das Probieren. Wein schmeckt der Kathie sonst überhaupt nicht. Aber plötzlich ist es das herrlichste aller Getränke. Das Beste vom Besten. Die Kathie findet den jungen Mann immer netter. Der nimmt sie ernst. Der hat gleich gemerkt, wie kultiviert die Kathie ist. Der schaut nicht bloß aufs Aussehen, der glotzt nicht nur den Blonden hinterher. Er macht ihr vor, wie man das Glas in der Hand dreht, wie man zuerst nur am Wein riecht und ihn erst danach Schlückchen für Schlückchen verkostet, auf Lippen und Zunge zergehen lässt, dabei mit spitzen Lippen Geräu-

• • •

sche wie ein Blubberfisch macht und nicht etwa gleich alles auf einmal in sich hineinschüttet. Die Kathie kriegt ein ganz warmes Gefühl im Bauch. Sie muss an John Wayne denken: *„Dann trinken wir ein Glas oder zwei oder ein Dutzend"* und schüttelt unwillig den Kopf. Nein, der würde nicht hineinpassen in so eine Vinothek mit seinen saublöden Bemerkungen. Der würde zu dem netten jungen Mann wahrscheinlich Peinlichkeiten sagen wie: *„Steigen Sie mal von Ihrem hohen Ross runter, Mister!"*

Einen der verkosteten Weine findet die Kathie ganz besonders köstlich. Der junge Mann nickt anerkennend und spricht von einem „vollmundigen komplexen Wein mit Geschmacksnuancen nach Kaffee und Leder". Huuuhhh, so etwas unerhört Vornehmes hätte die Kathie nie im Traum in einer Flasche Wein vermutet. Dann erschrickt sie furchtbar: Das erlesene Getränk kostet fünfmal so viel wie sie ausgeben wollte. Sie nimmt den Wein trotzdem. Schließlich hat die Ulla Geburtstag. Vierzig Jahre ist ein besonderes Datum. Da darf es auch ruhig mal etwas ganz Spezielles sein. Die wertvolle Flasche wird geschmackvoll eingepackt. Die Kathie steckt das Geschenk in eine Plastiktüte vom Supermarkt und geniert sich ein bisschen. Der junge Mann hält die Türe auf und sagt: „Au revoir, Madame" zu einer völlig aufgelösten Kathie.

Draußen auf der Straße fühlt sie sich wunderbar beschwingt. Die werden Augen machen, wenn die Kathie mit dem Wein aufkreuzt. Vor allem der Schwager wird das gute Tröpfchen zu schätzen wissen. Der ist Finanz-

• • •

berater, selbstständig. Der kennt sich aus. Du meine Güte, werden die sich wundern! Die Kathie beschließt, künftig immer Wein zu verschenken. Wein ist nur etwas für feine Menschen. Nicht so wie Bier oder Schnaps, was der Vater immer trinkt. Alle besseren Leute trinken Wein. Jetzt weiß sie auch, warum. Die haben Bildung und Kultur. Die saufen das Zeugs nicht so hurtig hinunter wie zum Beispiel der John Wayne im Saloon seinen Whisky. Der hat doch keine Kultur. Der rauft sich doch bloß die ganze Zeit mit irgendwelchen Kerls herum und sagt: *„Wer Durst hat, muss was trinken"* oder *„Reden macht den Hals trocken"*. Statt sich kultiviert zu unterhalten und auch mal eine andere Meinung gelten zu lassen, knallt der seine Diskussionspartner lieber gleich ab. Die Kathie muss sich doch sehr über sich selbst wundern, dass sie sich mit solchen Filmen überhaupt jemals abgegeben hat. Aber das ist jetzt vorbei. Menschen mit Kultur trinken ihren Wein ganz langsam und genießerisch. Schlückchen für Schlückchen. Und zwischendurch sinnen sie kultiviert über den Jahrgang und den Körper nach und unterhalten sich mit gedämpfter Stimme und ausgesucht schönen Wörtern darüber.

Irgendwie drängt es die Kathie mit ihrer Plastiktüte in ein bestimmtes *Quadrat*. Dort gibt es einen kleinen Spielsalon mit Automaten. Der ist so klein, dass er es sehr schwer hat, mit der Konkurrenz mitzuhalten. Der Besitzer steht oft ganz einsam und verloren vor der Tür auf der Straße, weil so wenige Kunden da sind. Die Kathie ist schon dreimal drin gewesen, weil ihr der Mann furchtbar leid tut. Der hat immer so traurig glänzende Augen. Sie kennt sich nicht aus mit den Spielautomaten. Aber der Mann hilft ihr und wechselt ihre Scheine in Münzen, zeigt, wo man die Münzen reinstecken muss und wie man mit den Apparaten spielen kann. Besonderen Spaß hat die Kathie dabei nicht. Auch weil am Ende immer das ganze Geld weg ist. Direkt nett kann man den Mann auch nicht gerade nennen. Eher hat er etwas Bärbeißiges an sich. Beim letzten Mal hat er die Kathie richtig angeblafft, als sie nach einem Kaffee gefragt hat. Ob sie wohl denkt, sie sei hier bei einem Damenkränzchen? Ob sie etwa glaubt, er wär hier der Oberkellner, der nichts Besseres zu tun hat, als sie zu bedienen? Aber die Kathie ist ein verständnisvoller Mensch. Sie weiß, dass jeder mal einen schlechten Tag erwischen kann. Außerdem mag sie nicht mit ansehen, dass der Besitzer so traurige Augen macht. Das geht ihr ans Herz. Sie quillt über vor Mitleid. Ja, so ein Charakter ist die Kathie. Was macht da schon das bisschen Geld, das verloren wird? *Geld allein macht nicht glücklich*, das weiß doch jeder.

Und da steht er ja tatsächlich schon wieder an der Eingangstür, der Spielsalon-Besitzer. Er hat sein dünnes Haar mit Gel nach hinten gekämmt. Wie immer steckt eine Zigarette lässig in seinem Mundwinkel. Er trägt Jeans und weiße Sportschuhe und über seinem Bauch spannt sich ein enges T-Shirt. University of California steht drauf. Trotz der Hitze hat er wieder seine abgewetzte schwarze Lederjacke an. Das ist auch so einer mit rauer Schale und goldenem Herzen, denkt die Kathie. Was ist bloß vorhin in sie gefahren, dass sie so schlecht über John Wayne gedacht hat? Wenn sie an

● ● ●

den Film mit der Geisha denkt, schnürt ihr die Rührung noch immer die Kehle zu. Und gleichzeitig will sie singen vor Überschwang. Sie bleibt vor dem Mann stehen. Der erkennt sie wieder und macht einen so winzigen Schritt zur Seite, dass sie sich mühsam an ihm vorbeiquetschen muss. Sie betritt den schummrigen Laden und kann die Spielautomaten in den ersten Sekunden nur schemenhaft erkennen. Entlang der Wände stehen sie aufgereiht und blinken und summen einsam vor sich hin. Die Kathie wartet, bis der Mann hinter seiner Glasscheibe am Geldschalter sitzt und lässt sich einen Schein in Münzen umtauschen. Sie wirft ein, drückt hier und da auf einen Knopf. Der Automat macht hübsche Melodien dazu und pfeift und zwitschert wie ein Vögelchen. Der Besitzer ist irgendwo im Dunkeln verschwunden. Sie dreht sich hin und her und kann ihn nirgends entdecken. Als die Münzen aufgebraucht sind, kramt die Kathie nach einem neuen Schein. Sofort taucht der Mann wieder auf: „Na Schwesterchen, heute was Besonderes los?" Er gehört zu der Sorte, die zu allen Frauen Schwesterchen sagt. Die Kathie wird ganz rot vor freudiger Überraschung: Das hat er von John Wayne! Wie hieß der Film noch mal? Sie kennt niemanden sonst, der John-Wayne-Filme genau so gerne mag wie sie selbst. Die Ulla gibt sich immer nur verächtlich: „Ach, schon wieder ein Film mit dem Dicken".

Aber der Besitzer des GLÜCKSPRINZEN hat den gleichen Geschmack wie die Kathie. *„Harte Schale, weicher Kern"*, denkt sie und hält ihm das Geld hin. Er nimmt es nicht gleich, sondern schaut ihr starr ins Gesicht. Dann schnipst er ihr den Schein mit einem halben Lachen aus

• • •

den Fingern und kommt mit den Münzen wieder zurück. „Ich mag mutige Frauen", sagt er. Er kann nur mit einer Hälfte seines Mundes sprechen und lachen, weil er mit der anderen die Zigarette festhalten muss. Richtig verwegen sieht das aus. Seine Stimme klingt rauchig und dumpf: *Wer nicht wagt, der nicht gewinnt".* Das findet die Kathie allerdings auch. Sie schaut ihn dankbar an. Jemand hat gern, was sie macht. Sie ist stark und mutig. Sie nimmt ihr Schicksal in die Hand. Sie stellt sich der Herausforderung. Sie spielt um ihr Glück. Was können die anderen ihr anhaben mit ihrem Getue? Das hier gehört ganz alleine ihr. Das ist das Leben. Der Besitzer bringt ihr einen Schnaps. „Auf Kosten des Hauses", zwinkert er. Die Kathie kippt den Schnaps auf einmal hinunter. Sie weiß jetzt, wie man Wein trinkt. Und wie man Schnaps trinkt, kennt sie sowieso von John Wayne: *„Besorg uns ein paar Becher und bring eine Gitarre mit".* Sie kennt sich aus. Sie weiß sich in jeder Situation richtig zu benehmen. Sie ahnt schon, was der Mann jetzt gleich machen wird: Er pfeift bewundert durch die Zähne: „Olala" Dann bringt er noch einen Schnaps und dann noch einen. Der Raum ist dunkel, nur die Apparate leuchten und blitzen. Der Straßenlärm dringt angenehm gedämpft herein. Fast ist es still. Die Kathie fühlt sich berauscht wie noch nie in ihrem Leben: der Wein, der Schnaps, der Mann ... Sie hat nie einen Freund gehabt. Nie wollte einer etwas mit ihr zu tun haben. Die wollten immer nur die Blonden. Die Schlanken. Die ohne Pickel. Der da ist nicht so. Jetzt kommt er näher. Ganz nah an ihr Gesicht kommt er heran. Sie schließt die Augen. So wird das in romantischen Filmen gemacht. Die Kathie weiß Bescheid. Es macht ihr nichts aus, dass er nicht schön ist, dass er nicht jung ist und nicht reich. Nur auf die inneren Werte kommt es an. Die bunten Lichter tanzen hinter ihren verschlossenen Lidern weiter. Auf und ab, hin und her, grün, weiß, rot, gelb, blau. Sie nimmt seinen Tabakgeruch auf. Er kommt noch näher. Die Kathie wartet mit trommelndem Herzen auf den ersten Kuss ihres Lebens. Aber der Mann küsst sie nicht. Er greift ihr an die linke Brust und drückt zu. Sie hält die Augen geschlossen und wartet ab. Erst als der Griff zu stark wird, rückt sie ein wenig von ihm ab und schaut ihn ratlos an. „Na, Schwesterchen", flüstert der Spielhallenbesitzer, „gefällt dir das"? Aber er will gar keine Antwort haben und sagt bloß, dass er sich das gleich gedacht hat. Dann schlendert er lässig zu seinem Schalter zurück, weil ein Kunde davor steht. Die Kathie verspielt ihre letzten Münzen und denkt: „Der findet meine Brust nicht zu fett". Sie ist ein bisschen verwirrt und weiß nicht so recht, was nun zu tun ist. Wie verhält man sich jetzt bloß? Die beiden Männer schwatzen und lachen miteinander. Die Kathie muss nach Hause. Sie will sich noch umziehen vor Ullas Geburtstagsessen. Kann sie einfach so fortgehen? Nein, das wäre unhöflich. Bestimmt will der Besitzer des **Glücksprinzen** den Kunden gerne loswerden, damit er sich weiter mit der Kathie unterhalten kann. Aber er ist Geschäftsmann und muss professionell und diplomatisch vorgehen, damit er niemanden vergrault. Die Kathie zappelt nervös auf ihrem Stuhl hin und her. Soll sie noch ein bisschen warten? Sie schaut auf die Uhr. Es sind nur ein paar Schritte bis

● ● ●

zur Haltestelle, aber die Straßenbahn fährt in fünf Minuten. Die Eltern hassen es, wenn man zu spät zum Essen kommt. Die Ulla auch. Besonders am vierzigsten Geburtstag. Sie drückt sich lustlos an den Automaten herum und schielt immer mal wieder zu den beiden Männern hinüber. Als sie hört, dass der fremde Mann zu ihrem Freund BRUNO sagt, hüpft ihr Herz vor Freude. Jetzt muss sie sich aber wirklich beeilen. „Tschüss Bruno", ruft sie mit seltsam gebrochener Stimme zu ihm hin. Bestimmt hört er sie, aber er gibt keine Antwort. Nicht einmal herschauen tut er. Ein diskreter Mensch, der sie vor dem Kunden nicht bloßstellen will. Der könnte ja Gott-weiß-was über sie denken. Männer sind so, die haben immer schlechte Gedanken im Kopf. Aber der Bruno nicht. Der redet jetzt mit Absicht nicht mir ihr, damit kein falscher Verdacht auf sie fällt. Der goldene Kern unter der derben Schale. Genau wie im Film. Wie hieß der noch mal? Sie kommt nicht drauf. Sie kann nur noch eines denken: Bruno, Bruno.

In der Straßenbahn träumt die Kathie wohlig vor sich hin. Zum Umziehen ist keine Zeit mehr. Sie fährt direkt zur Ulla und kommt doch zu spät. Alle sind schon da und warten auf die Kathie. Die Ulla ist grässlich gelaunt und furchtbar sauer. Sie hat gefüllte Kalbsbrust gekauft, fix und fertig vom Metzger vorbereitet. Die schmurgelt jetzt im Backofen vor sich hin. „Wenn das kleine Aas nicht sofort aufkreuzt, wird alles trocken". Das Wasser für die Frischei-Nudeln kocht schon. Im Topf daneben: Erbsen und Karotten aus der Dose. Die Rahmsoße ist aus der Tüte. Sie ist berufstätig. Soll sie vielleicht alles frisch zubereiten? Stundenlang am Herd

• • •

stehen? Wegen denen da? Das war einmal, das macht sie ab sofort nie mehr. *Perlen vor die Säue werfen*? Einen Haufen Geld ausgeben? Da denkt sie gar nicht dran. Die Eltern essen zu Hause sowieso immer nur Würstel. Würstel mit Kraut, Würstel mit Kartoffelbrei, Würstel mit Brot. Für die ist das da heute ein Festessen, ein Dinner, ja ein Souper. Diese dämlichen Ignoranten. Die merken keinen Unterschied zwischen frischem Gemüse und Dosenfraß. Die sind total bescheuert. Und die kleine Schwester, das fette Schwein, die merkt schon dreimal nichts.

Die Ulla ist hochgradig nervös. Die viele Arbeit für nichts. Im Esszimmer hocken die beiden Alten und brabbeln blödsinnig vor sich hin: Ach, die schöne Wohnung, ach, die elegante Einrichtung, das riecht aber gut hier, ja, unsere Ulla, immer fleißig, *ohne Fleiß kein Preis*. Karriere, Haushalt, die kriegt alles unter einen Hut. Und kochen kann die! Und so ein kultivierter Mann! Das tolle Auto! Die Reisen an die Costa Brava. Die hat ausgesorgt. Die ist gut versorgt. Und intelligent ist die Ulla: Perfekt Englisch und Spanisch. Dass Schwestern so verschieden sein können. An uns liegt es nicht. Wir haben keinen Unterschied gemacht. „Wir haben beide gleich lieb gehabt", sagt der Vater und krault sich selbstzufrieden den Bauch, „alle beide gleich lieb".

„Mach schon mal den Wein auf", sagt die Ulla zu ihrem Mann. „Wenn die nicht gleich kommt, fangen wir an. Ich steh doch nicht stundenlang in der Küche und dann ist alles verkocht. Das Drecksmensch. Ausgerech-

● ● ●

net am vierzigsten Geburtstag. Das gute Essen". Der Schwager kommt mit in die Küche und entkorkt die Weinflasche. „Deine Familie geht mir sowieso auf den Sack", teilt er der Ulla mit und kneift ihr in den Hintern. Die zuckt zusammen und wirft erschrocken die Küchentür zu. „Nicht so laut, die können dich doch hören!" „Na, und wenn? Hoffentlich hauen die bald wieder ab, damit wir zwei Hübschen endlich allein sind." Er zwinkert übertrieben albern mit einem Auge und lacht meckernd. Wie eine Trophäe trägt er das billige Gesöff ins Esszimmer zu den Schwiegereltern. Die Ulla hört ihn den Wein erklären. „Der schafft es, jeden Mist wie ein Wunderwerk anzupreisen." Sie weiß, dass ihn die zwei alten Deppen jetzt hingerissen angaffen. Die Ulla raucht vor Zorn: „War der doch tatsächlich schon wieder an der Schnapsflasche, der versoffene Schwein-Igel. Wenn der mich heute noch einmal anfasst, den bring ich um. Der soll seine Drecksfinger von mir lassen. Ich hau dem die Weinflasche über den Schädel. Wenigstens am vierzigsten Geburtstag kann der mal Ruhe geben. Dem ist nichts heilig, dem Hund. Immer diese Kneiferei." Das hat sie schon beim Vater nicht leiden können. Der konnt's auch nicht lassen. Dem Vater hat sie eine geknallt. Da war sie vierzehn. „Grabsch doch deine Frau an oder die Kathie", hat sie geschrien. „Lass mich in Ruhe, sonst zeig ich dich an." Da hat er sie in Ruhe gelassen. Bei ihrem Mann traut sie sich nicht mit dem Zuschlagen: Der schlägt zurück, das feige Schwein.

Ullas Chef dagegen, ja, *das* ist ein manierlicher Mann. Der weiß, was er an ihr hat. Der überhäuft sie mit Geschenken, mit Blumen und Mon Chéri. Manchmal macht er im Büro sogar eine Flasche Prosecco auf. Leider ist er verheiratet. Die Besten sind immer schon vergeben. Aber kreuzunglücklich ist der arme Kerl. Seine Frau muss ein richtiger Drache sein, heißt es. Jeden kleinen Spaß missgönnt die ihm. Schon öfters hat er der Ulla gegenüber gewisse Andeutungen gemacht. Sie genießt es, dass er so viel Vertrauen zu ihr hat und sich bei ihr ausspricht. Die Ulla seufzt gerührt und nimmt einen kräftigen Schluck aus der Cognac-Flasche.

Derweil steht die Kathie im Treppenhaus und bewundert Ullas festlich dekorierte Wohnungstür: „Herzlich Willkommen", steht da in großen bunten Buchstaben mitten auf einem Blatt Schreibmaschinenpapier. Und weiter unten – kleiner, damit es überhaupt noch draufpasst auf das Blatt: *Tritt ein, bring Glück herein*. Dazwischen prangt eine große Ziffer: aus Goldfolie hat die Ulla eine Vier und eine Null ausgeschnitten. Um das Kunstwerk herum hat sie den Kranz mit Trockenblumen drapiert, der sonst immer in der Diele hängt. Die Kathie hat kaum mit dem Finger den Klingelknopf wieder losgelassen, schon wird die Tür aufgerissen. Vom Schwager. „Hallo, Kleine, rein mit dir", ruft er mit der offenen Rotweinflasche in der Hand. Ullas schwarzer Köter benimmt sich wie übergeschnappt und fletscht und bellt wütend um Kathies Fußknöchel herum. Es ist ein Pudelhund; die Kathie kann ihn auf den Tod nicht ausstehen. Der Schwager wischt ihn mit dem Fuß zu Seite. Die Kathie ist ganz aufgeregt: „Ich hab auch einen Rotwein für die Ulla!" Was er wohl zu ihrer Wahl sagen wird? „Steh nicht so blöd herum", keift die Ulla aus der Küche heraus. „Zieh die Schuhe aus und schaff dich

• • •

endlich herein. Alle warten auf dich. Der Braten ist schon total vertrocknet. Immer das gleiche mit dir." Der Schwager legt Kathie die Hand um die Taille und zieht sie ins Zimmer hinein. Die Eltern gucken vorwurfsvoll. „Kathie, Kathie", tadelt der Vater. Und die Mutter schüttelt unzufrieden den Kopf. Der Schwager holt Kathies Flasche aus der Plastiktüte und stellt sie aufs Buffet. Wie eine aufgezogene Blechmaus rast die Ulla hin und her. Sie bringt Braten, Gemüse, Frischei-Nudeln, Soße. Die Kathie will ihrer Schwester die Hand geben und gratulieren. „Jetzt nicht", zischt die, „du siehst doch ... Hilf mir lieber. So ein Stress!"

Dann essen sie endlich. Die Eltern loben. „So gut kann die Kathie nicht kochen", meint der Vater mit tragischer Miene, „sonst hätte die schon längst einen Mann". Die Ulla: „Und um ihr Äußeres muss die sich auch ein bisschen kümmern. Immer die schwarzen Stoffhosen. Umstandshosen sind das, immer die gleiche Sorte. Damit der Bauch reinpasst. Das hat doch kein Mann gern". „Und die vielen Pickel", wirft der Vater mit vollem Mund dazwischen. Sogar die Mutter gibt heute mal ihren Senf dazu: „Zum Frisör kann die ruhig auch mal wieder gehen. Die guckt doch sonst keiner an." „Außerdem hast du dauernd Mundgeruch", triumphiert die Ulla und schaut der Kathie kalt in die Augen. Weil sie einen Zorn hat auf alles. Der Schwager platzt fast vor Lachen. Der Kathie schießen die Tränen in die Augen. Aber dieses Mal bricht sie nicht in ver-zweifeltes Schluchzen aus wie sonst, wenn die ganze Familie über sie herfällt. Ganz fest denkt sie: „Bruno, Bruno". Und das hilft.

• • •

Die Füllung von der Kalbsbrust ist viel zu salzig. Alle kriegen einen furchtbaren Durst. Der Kathie haben sie eine Cola hingestellt. Cola trinkt die doch am liebsten. Der Schwager macht schon den zweiten Rotwein auf. „Na Kleine, wie wär's mit einem Schlückchen Rebensaft?" neckt er die Kathie und grinst verschwörerisch in die Runde. Ja, die Kathie möchte den Rotwein gerne probieren. „Waaas?" Der entsetzte Aufschrei kommt wie aus einem Mund. Es klingt wie das Geheul von Straßenkötern. „Fängt die jetzt mit dem Saufen an?", dröhnt der Vater. „Gönn ihr doch ein Gläschen", meint der Schwager. „Am vierzigsten Geburtstag!", lenkt die Mutter ein. *Ein Gläschen in Ehren kann niemand verwehren*", argumentiert die Kathie. Sie kriegt einen winzigen Schluck und erzählt von der Vinothek. Wie fein und vornehm dort alles gewesen ist. Und der freundliche Verkäufer, der sie beraten und ihr zum Schluss sogar die Tür aufgehalten hat. „Der Wein", sagt sie und zeigt stolz zum Buffet hin, wo der Schwager ihre Flasche abgestellt hat, „soll ungefähr sechzehn Grad haben beim Trinken. Er passt am besten zu rotem Fleisch. Auch zu Wild. Und mit einem pikanten Käse harmoniert er ausgezeichnet." Die ganze Familie prustet gleichzeitig los. Der Vater spuckt eine Erbse quer über den Tisch, weil er den Mund zu voll hat. „Die Kathie ist Alkoholikerin geworden", johlt er und haut sich vergnügt auf den Schenkel. „Meine eigene Tochter – und erzählt so einen Scheiß. Die hat sich reinlegen lassen von einem Lackaffen. Von so einem Ladenschwengel. Vinothek, höhö." Er verschluckt sich und hustet und spuckt. Ungestüm ist ihm eine Erbse die Luftröhre hinuntergekullert, weil er sich schon wieder viel zu viel auf einmal in den Mund gestopft und dabei hitzig mit den Armen gefuchtelt hat. Die Ulla und die Mutter beugen sich bestürzt über ihn und hauen ihm abwechselnd auf den Buckel.

Der Schwager tätschelt der Kathie am Oberschenkel herum und flüstert: „Den trinken wir zwei Hübschen ganz alleine, was? Die Idioten da, die haben doch keine Ahnung von Kultur." Die Kathie ist ganz enttäuscht: „Aber der Wein ist doch für die Ulla". „Ach, die alte Kuh", winkt der Schwager ab. „Lass mich doch mit der in Ruhe."

Nach dem Essen fängt der Vater mit dem Schnaps an. Immer noch einen und noch einen. *„Auf einem Bein steht es sich schlecht"*, das weiß er aus Erfahrung. Er schmettert: „Einer geht noch rein". Dazu kneift er nach der Mutter, die ihm kichernd auf die Finger schlägt und in einem fort sagt: „Aber Vati, nicht doch, die Kinder …"

Als der Schwager auf dem Sofa einschläft und lauthals zu schnarchen anfängt, löst die Ulla die Versammlung auf: „Ich glaube, ihr seid jetzt müde und geht heim". Dann fährt sie die Eltern mit dem Auto nach Hause. Die Kathie geht zu Fuß. Sie muss nur um zwei Ecken. Von der Kalbsbrust ist jede Menge übriggeblieben. Die war nicht so besonders, viel zu trocken. Die Kathie ist schuld. Weil die so spät gekommen ist. Die Schwester hat ihr alle Reste eingepackt.

Fast jede Familie hat ihren Müllschlucker. Hier ist es die Kathie. Kathie, die Allesfresserin, Kathie, die Restevertilgerin, Kathie, die Mistkugel. „Die schlingt alles runter", witzelt der Vater. „Die ist leicht zu halten", freut sich die Mutter, „nicht so etepetete wie die Große. Der ihr Mann kann sich mal freuen. Da wird nichts verschwendet mit dem Essen."

Die Katze sitzt direkt hinter der Tür, als die Kathie aufschließt. Seit Stunden sitzt sie schon hinter der Tür und wartet mit hungrigem Magen und ängstlichem Herzen. „Na du?", fragt die Kathie. Mit einer Lage Küchenpapier nimmt sie die feuchte Stelle vom Fußboden auf. Sonst sagt sie nichts dazu. Sonderbar weich ist ihr Herz heute. Sie zerschneidet die Kalbsbrust: „Das lassen wir uns jetzt schmecken, wir zwei Hübschen". Die Katze macht sich hungrig über ihren Fressnapf her. Die Kathie lümmelt im Trainingsanzug auf dem Sofa, isst versalzene Kalbsbrust und trinkt gierig Bier dazu. Bier hat sie immer im Haus. Aber morgen wird sie eine gute Flasche Rotwein kaufen. Und einen Whisky. Wenn der Bruno zu Besuch kommt, soll er sich richtig wohlfühlen bei ihr. Mit ganz neuen Augen betrachtet sie ihre Möbel. Mit Brunos Augen. Ob es ihm gefällt? So schlecht sind die Sachen nicht. Alles Eiche rustikal. Nichts Billiges. Und die schönen schweren Vorhänge. Die plüschigen Sessel. Die Kathie beschließt, gründlich sauber zu machen, aufzuräumen und in alles in Ordnung zu bringen. Morgen, nicht jetzt. Jetzt will sie nur hier liegen und Bier trinken und an Bruno denken und vor sich hin träumen. Heute braucht sie keinen Videofilm. Die Bilder sind in ihr drin. Wunderschöne Bilder sind es. Man muss nur

• • •

ganz still auf dem Sofa liegen und die Augen schließen, dann kann man sie in aller Ruhe anschauen. Die Kathie lacht und weint. Alles gleichzeitig. Sie streichelt der Katze über das Köpfchen und flüstert ihr zärtliche Worte ins Ohr. So schläft sie ein. Die Katze hat Durst. Sie ruft nach der Kathie, aber die hört sie nicht. Sie springt in der Küche auf die Spüle und findet kein Wasser. Schließlich trinkt sie im Badezimmer aus der Kloschüssel. Sie nimmt viele, viele große Schlucke. Die Tatzen werden ganz nass dabei. Das mag sie nicht. Sie schüttelt und schleckt. Dann legt sie sich vorsichtig neben das dicke schnarchende Wesen, das ihr immer so große Angst macht und heute so merkwürdig sanft ist, rollt sich ein nach Katzenart und ist glücklich.

● ● ●

SAMSTAG. Die Kathie veranstaltet ein Großreinemachen, drückt bei ihrer Mutter auf die Tränendrüse, verspürt ein ganz neues Gefühl und erlebt ein kleines Abenteuer mit Bruno.

Morgenstund hat Gold im Mund. Die Kathie wacht schon ganz früh auf und ist voller Tatendrang. Sie stürzt sich in die Arbeit. Sie putzt, sie wäscht, sie räumt auf und stellt Möbel um. Die Bettwäsche ist mit kleinen rosafarbenen Röschen gemustert. Das Katzenklo wird gereinigt und mit neuem Sand gefüllt. Die Katze kriegt frisches Wasser und Futter hingestellt. Entzückt steht sie überall im Weg herum, weil sie dauernd gestreichelt wird und freundliche Worte bekommt. Die Kathie singt und summt. Sie inspiziert den Kühlschrank, wischt mit Essigwasser, mistet aus, wirft weg. Sie steigert sich in die Arbeit hinein. Nie hat ihr Hausarbeit solchen Spaß gemacht. Wenn sie ganz ehrlich ist, muss sie zugeben, dass sie bis jetzt immer ziemlich schludrig war. Aber das wird nun alles anders. Viele Stunden werkelt sie vor sich hin. Sie gibt sich viel Mühe, macht sogar die Schränke innen sauber. Zum ersten Mal weiß sie, wofür man sich die ganze Arbeit macht, dass sich die Plackerei lohnt. Der Bruno soll sehen, dass sie eine ordentliche Person ist.

Was die Männer mögen, das weiß sie von der Mutter: Eine fleißige Frau, Sauberkeit, Gemütlichkeit, etwas Gutes zu essen und zu trinken. So ist es auch beim Vater. Erst wenn alles blitzt und blinkt, ist er zufrieden und guter Laune.

• • •

Beim Staubsaugen stellt sich die Kathie vor, dass der Bruno dort im plüschigen Sessel sitzt und den *Mannheimer Morgen* liest. „Schatzilein", würde sie sagen, „heute ist Samstag, willst du nicht ein bisschen auf den Fußballplatz gehen? Ich bin mit der Arbeit noch nicht ganz fertig, aber heute Abend machen wir's uns so richtig gemütlich."

Der Bruno hat viel zu tun. Er ist der Chef vom GLÜCKSPRINZEN. Tagsüber muss er den Überblick behalten, nachts die Buchführung machen. Zusätzlich hat er Kaffee zu kochen für die Kunden. Beim Geldwechseln heißt es höllisch aufpassen und sich konzentrieren, sonst ist die Abrechnung am Ende voller Fehler. Die Kathie weiß, wie schnell es passieren kann, dass die Zahlen nicht mehr stimmen: Ein einziger Albtraum ist das. Aber vielleicht würde der Bruno dort in seinem plüschigen Sessel sitzend sagen: „Kathie-Liebling, schmeiß doch deiner Scheiß-Arbeitskräfteverleihfirma den Bettel hin. Du bist doch viel zu gut für die. Die nutzen dich bloß aus. Ich kann jemanden brauchen, der gut im Rechnen ist. Nebenher kannst du ein bisschen Kaffee kochen für die Gäste und wir beide wären den ganzen Tag zusammen."

Die Kathie merkt, dass sie stark nach Schweiß riecht. Erst muss sie noch einkaufen. Danach will sie baden und sich für den Bruno schön machen. Es ist nicht mehr viel Geld da. Sie schaut im Portemonnaie nach und kramt ihre paar Münzen zusammen. Man kann zählen, so oft man will, es wird einfach nicht mehr und reicht vorne und hinten nicht. Es fällt ihr ein bisschen schwer, aber sie wird die Mutter anbetteln müssen. Am nächsten Freitag kann sie das Geld zurückzahlen. Viel braucht sie nicht. Eine gute Flasche Rotwein, einen Whisky, Kartoffelchips, vielleicht ein paar Salzstangen, Würstel und Brot. Das isst der Bruno bestimmt gern. Der ist nicht so ein Angeber, eher ein bescheidener Mensch. Trotzdem kultiviert. Über den Rotwein wird er sich freuen. Und die Mutter weiß ja schließlich, dass die Arbeitskräfteverleihfirma nicht besonders gut zahlt. Die Kathie geht erst um drei Uhr am Nachmittag zu ihr hin. Da ist der Vater ganz sicher auf dem Fußballplatz. Der guckt am Samstag gerne dem *VfR* beim Spielen zu und hat sich extra dafür eine Dauerkarte geleistet. Wenn schlecht gekickt wird, regt er sich furchtbar auf. Dann schreit er mit hochrotem Kopf in das Spielfeld hinein: „Un sowas war mol deutscher Meeschder!" Die Mutter ist froh, wenn er weg ist. So steht er ihr beim Putzen nicht dauernd im Weg herum.

Die Kathie betritt die Wohnung der Eltern mit dem Antlitz eines waidwunden Rehes – zum Herzerweichen! Sie hat das betrübte Gesicht schnell im Treppenhaus aufgesetzt, obwohl ihr heute recht wohl zumute ist. Mit der Mutter hat man wenig Probleme. Bei der muss man einfach auf die Tränendrüse drücken. Nur wegen dem vierzigsten Geburtstag hat sie den teuren Rotwein kaufen müssen, klagt die Kathie mit Leichenbittermiene. Um der Schwester eine kleine Freude zu machen, hat sie tief in die Tasche greifen müssen. Jetzt ist kein Geld mehr da. Die Katze hat Hunger. Das kann die Kathie nicht mit ansehen. Sie selbst ist ja bescheiden. *Sie*

• • •

braucht nicht viel. Aber das arme Tier ...! Der Katzensand ist auch aufgebraucht. Das Tier soll nicht darunter leiden müssen. Die hat doch keiner Menschenseele etwas angetan. So ein armes Geschöpf aus dem Tierheim. Ihr ganzes Leben lang wurde die schlecht behandelt. Am Freitag kann sich die Kathie einen Vorschuss abholen. Dann wird sie der Mutter alles sofort zurückzahlen. Für den Montag braucht sie eine neue Wochenkarte, damit sie ins Büro fahren kann. Sie pumpt sich sonst nie was, das weiß die Mutter doch! Nur ausnahmsweise mal. Wegen all der unglücklichen Umstände. Geld hat man ihr gestohlen in der Straßenbahn. Im Gedrängel einfach in die Handtasche reingelangt. Nur eine Sekunde lang hat sie nicht aufgepasst. Das hat sie doch gestern Abend beim Geburtstagsessen schon erzählt. Kann sich die Mutter nicht mehr dran erinnern? So ein Ausländer war's. So ein Dunkler mit bösartigem Blick. Sie hat es zu spät gemerkt. Der ist am *Wasserturm* ausgestiegen und war ganz schnell verschwunden. Und mit ihren hohen Absätzen kann sie nicht so schnell rennen und dem hinterher. Außerdem ist sie zu mollig für solche Aktionen, sie kommt eben mehr nach der Mutter. Die ist ja auch kein bisschen sportlich, da kann die Kathie doch nichts dafür. Ganz deprimiert ist sie wegen dem brutalen Überfall. Immer trifft es die Anständigen. Die anderen arbeiten nicht und machen sich mit Kathies Geld einen schönen Tag. Der Kerl lacht sich jetzt ins Fäustchen. Und sie muss ihre Mutter anbetteln. Die ganze Nacht hat sie nicht schlafen können bei dem Gedanken. Wo die Eltern doch auch nicht viel Geld haben. Ganz peinlich ist ihr das. Schon fängt sie an

● ● ●

zu schluchzen. Die Mutter schmilzt dahin wie Gänse-schmalz in der Pfanne und gibt der Kathie einen Schein: „Aber nur, wenn du morgen mal wieder mit in die Kir-che kommst. Das hat noch niemandem geschadet." Und dem Vater soll sie nichts von dem Geld sagen. Toben würde der. Die Kathie verspricht ihr alles in die Hand.

Jetzt aber schnell-schnell in den Supermarkt. In dem verpennten Stadtteil hier machen die samstags schon um sechzehn Uhr zu: Lauter Faulenzer. Die Kathie kauft ein, was sie sich vorgenommen hat und noch viel mehr. Das große weiße Schild fällt ihr heute zum ersten Mal auf: „Samstags bis 20 Uhr geöffnet." Nanu, seit wann das? Die Kassiererin behauptet: „Ach, schun ewisch!" und die Kathie denkt: „So ein verlogenes Pack".

Für die Katze bleibt es heute beim Trockenfutter. Die hatte ja erst gestern den teuren Braten. So gut ha-ben's andere Katzen nicht.

Das duftende Bad tut der Kathie gut. Sie räkelt sich wohlig im warmen Schaumwasser herum. Die erledigte Hausarbeit macht sie zufrieden und seelenfroh. Eine ganz neue Erfahrung. Und auch das Gefühl da tief in ihr drinnen ist neu, unbeschreiblich und wunderschön. Ein bisschen kommt sie sich vor wie auf dem Kettenkarus-sell, mit dem sie als Kind immer gefahren ist, wenn der Vater sie auf die *Mannemer Maimess* mitgenommen hat: Sie schwebt. Wenn sie an den Bruno denkt, ist sie einfach ganz schrecklich glücklich. Wann war sie zum letzten Mal so richtig glücklich? Sie kann sich nicht mehr genau erinnern, so lange ist das schon her. Es muss damals gewesen sein, als die Eltern ihr zu Weihnachten die elegante, blonde Puppe geschenkt hatten. Mit heißem Herzen war genau diese Puppe herbeigesehnt worden. Als das Weihnachtspapier von der Verpackung gezerrt, das Paket endlich aufgerupft war und die schöne schlanke Puppengestalt in Kathies plumpen Händchen gelegen hatte, da war sie vollkommen glücklich gewesen.

Wenn das Ersehnte erreicht ist, dann ist das Glück da und kurz darauf ist es schon wieder fort. Die Kathie erkannte nämlich sehr schnell, dass die kleine Puppe mit ihrem feingliedrigen, zarten Körperchen eine Miniaturausgabe der hübschen blonden Schwester war. Also wurde der Ulla-Kopie das lange, seidige Blondhaar mit ungelenken Scherenschnitten so roh vom Schädel geholt, dass der rosafarbene Hinterkopf abstoßend zwischen den Stoppeln hervorblitzte. Die schadenfrohe Betrachtung der garstig Entstellten hatte der Kathie wiederum heftige Glücksgefühle beschert.

Und doch lässt es sich nicht lange festhalten, das Glück. Flüchtig ist es. Der Mutter nämlich war der grausige Anblick unerträglich gewesen; ruckzuck war die Puppe im Mülleimer verschwunden. Dass die Blonde das letzte Puppengeschenk für die undankbare Tochter gewesen war, darauf hatte der Vater lautstark sein Wort gegeben. Und Wort gehalten.

Die Katzenanschaffung hatte ebenfalls nur kurze Befriedigung gebracht. Welch Glück ist es doch, ein warmes, lebendiges Wesen einzufangen, mit eisernem Griff auf dem Schoß festzuhalten und zu streicheln. Als

• • •

die Kathie feststellen musste, dass es der Katze an Hingabe fehlte, war auch dieses Glücksgefühl schnell wieder weg.

Aber jetzt, jetzt gibt es ja den Bruno und die Kathie fühlt sich so glücklich wie noch nie in ihrem Leben. Alle paar Minuten muss sie ganz tief Luft holen, wie um ihr Inneres zu weiten, wie um Platz zu machen für die tausend ungewohnten Empfindungen. Es drängt sie zur Eile. Sie will den Bruno sehen, sie muss mit ihm reden. So viele Dinge gibt es zu sagen. Gleichzeitig breitet sich eine schläfrige Gelassenheit in ihr aus, eine unglaubliche Sicherheit. Was kann ihr schon passieren? Die mühselige Arbeit, der gleichgültige Chef, die ungeliebten Kolleginnen, alle Demütigungen verschwinden, werden klein und unwichtig. Sie ist zutiefst aufgewühlt und spürt zur gleichen Zeit, dass nichts auf der Welt bedeutsam und eilig und beunruhigend ist.

Die Kathie ist verliebt. Sie ahnt nichts davon, denn es ist ihr ein unbekanntes Gefühl. Und wer weiß? Vielleicht wird sie es nie erfahren. Die Kathie hat zwar viel Phantasie, aber keinen Instinkt. Und wahrscheinlich trifft sich das ganz gut. Dieses unerhörte neue Gefühl wird keine Gelegenheit haben, länger als ein paar klägliche Tage zu bestehen – und dann wird es von Vorteil sein, dass die Kathie Phantasie besitzt.

Was soll sie anziehen? Die Ulla hat ja recht mit den Umstandshosen. Die haben einen Gummizug an der Taille und genug Platz für einen dicken Bauch. Hosen mit Knöpfen und Reißverschlüssen und Gürteln kann sie nicht tragen. Kathies Umstandshosen sind alle

• • •

schwarz. Schwarz macht schlank. Dazu passen weiße Blusen, die man in die Hose hineinsteckt. Darüber muss unbedingt eine lange Weste. Im Winter mit, im Sommer ohne Ärmel. So war die Kathie schon immer zurechtgemacht. Schon als kleines Mädchen in der Schule, als die anderen mit ihren Designerjeans geprahlt und die Kathie ausgelacht haben. Den Geschmack hat sie von der Mutter geerbt. Die findet das adrett. Da ist man immer gut angezogen. Einen schwarzen Wickel-Faltenrock hat die Kathie auch. Der ist für besondere Gelegenheiten, für die Kirche und für Weihnachten.

Heute ist eine ganz besondere Gelegenheit: Die Kathie hat das erstes Rendezvous ihres Lebens. Also her mit dem Faltenrock, her mit der neuen weißen Bluse und der ärmellosen Weste in elegantem Mittelgrau. Die schwarzen Schuhe haben hohe Absätze. Heute schminkt sich die Kathie sogar ein bisschen mit Rouge und Lippenstift. Zum Schluss sprüht sie sich heftig mit ihrer riesigen Deo-Sprühdose ein. Die Katze ergreift erschrocken die Flucht.

Kurz vor halb sechs steht die Kathie vor dem GLÜCKSPRINZEN. Der Bruno lungert nicht vor der Tür herum, also ist Kundschaft da. Das ist schlecht. Sie wollte doch unter vier Augen mit dem Bruno sprechen. Ein bisschen Geld hat sie noch, aber das ist für den Montag gedacht, für die Wochenfahrkarte. Jetzt geht sie hinein. Die Meute an den Automaten glotzt kurz zu ihr her, wendet sich aber gleich wieder ihrem Spielzeug zu. „Die haben alle so einen starren Blick", findet die Kathie. Sie schlendert zu dem kleinen Kabäuschen, in dem der

Bruno immer hinter der Glasscheibe sitzt und auf das Geld aufpasst. Im Moment ist er nicht zu sehen. Ganz hinten ist noch ein Nebenzimmer. Die grüne Tür ist nur angelehnt. PERSONAL steht darauf, kein Zutritt für Unbefugte. Die Kathie lauscht angestrengt, sie kann Stimmen hören. Eine Frauenstimme ist auch dabei.

Plötzlich wird die Tür so heftig aufgerissen, dass die Kathie vor Schreck fast das Gleichgewicht verliert. Der junge Mann kommt heraus, der gestern auch schon da war und sagt: „Hoppla, spioniert hier jemand herum?" Hinter ihm kommt eine blonde Frau. Sie trägt einen schwarzen Ledermini und hält eine Zigarette in der Hand. Frauen, die rauchen, kann die Kathie nicht ausstehen. Der Vater hat sich oft genug darüber ausgelassen: „Das gehört sich nicht für eine anständige Frau. Erst recht nicht vor allen Leuten." Und überhaupt, wie die zurechtgemacht ist, aufgebrezelt wie ein Pfingstochse, aufgedonnert und angemalt. Der kurze Rock: einfach schamlos. Und erst der Ausschnitt – die Kathie ist empört. Vom Typ her sieht die aus wie die Schwester: groß, schlank und blond. Das würde dem Schwager sicher nicht gefallen, wenn die Ulla sich so unanständig anziehen würde.

Jetzt kommt auch der Bruno heraus. „Was willst *du* denn schon wieder hier, Schwesterchen?", schnauzt er die Kathie an. Die Blonde kichert so klirrend hell auf, als hätte sie jede Menge Glasmurmeln im Mund. Sie guckt den Bruno an, dann wieder die Kathie, immer zwischen den beiden hin und her und gickert ungeniert. Dann fasst sie den jungen Mann unter den Arm und die beiden verlassen feixend den GLÜCKSPRINZEN. Die Kathie lässt sich nicht beirren und holt ihren letzten kleinen Geldschein aus der Tasche. Der Bruno nimmt das Geld, legt den Kopf schief und mustert sie neugierig. Dann öffnet er – Pling! – die Kasse, legt den Schein hinein, holt die Münzen heraus. Die Kasse wird sorgfältig verschlossen, die Münzen der Kathie laut hingezählt. Die Kathie beobachtet den Bruno ganz genau und ist stolz auf ihn. Das macht er wirklich gut, der Bruno. So ist es richtig: Immer vorsichtig mit dem Geld, damit keine Fehler passieren und hinterher auch alles stimmt mit der Buchhaltung. Aber als die Kathie die Hand nach den Münzen ausstreckt, steht der Bruno schon neben ihr und packt sie am Arm: „Also was?" Die Kathie windet sich los: „Nichts!" Bloß ein bisschen Automaten spielen will sie, sonst gar nichts.

Und dann platzt doch alles verzweifelt aus ihr heraus, alles auf einmal: Dass er sie besuchen kommen soll, dass sie extra für ihn Würstel und Rotwein und Whisky gekauft hat. Die Wohnung ist sauber und ordentlich. Und die Abrechnung kann sie auch für ihn machen. Sie kann gut rechnen und zählen, das sagen alle. Ordnung wird sie hineinbringen in seine Bücher. Er braucht sich um nichts mehr zu kümmern. Und Kaffee kochen für die Kundschaft kann sie auch. Und den Laden putzen. Das macht ihr nichts aus. Sie will bloß in seiner Nähe sein. Weil er einen goldenen Kern hat. Sie ist eine anständige Frau. Anständiger als die mit dem Ledermini. Sie wird ihn nicht stören. Und die Kundschaft auch nicht. Sie wird sich ganz ruhig verhalten. Nur hier bei ihm sitzen will sie und die Abrechnung

* * *

machen. Weil er eine harte Schale hat und ein weiches Herz. Das hat sie gleich beim ersten Mal gemerkt. Ob er den John-Wayne-Film kennt mit der Geisha?

„Was für eine verdammte Abrechnung?", fragt der Bruno ruppig.

Und dann erfährt die Kathie, dass der Bruno gar nicht der Besitzer vom GLÜCKSPRINZEN ist. Dass er hier arbeitet bis zum Umfallen und sein Chef, ein alter Dreckskerl von Pfennigfuchser, immer bloß kurz vorbeikommt, um das Geld abzukassieren. Jede Nacht taucht der auf und hat immer so ein paar klebrige Typen dabei, die aussehen wie Affen. Herumgemeckert wird, wenn nicht genug Umsatz gemacht wurde. Er selbst, der Bruno, verdient nur einen Mickerlohn, obwohl er sich in dem Saftladen rund um die Uhr die Beine in den Bauch steht. Er muss sogar nebenher dazuverdienen, sonst hat er zum Leben zu wenig und zum Sterben zu viel. Er ist der einzige Festangestellte. Und dann soll er für den Kerl auch noch die Abrechnung machen? Der Alte kann froh sein, dass der das Geld überhaupt zu sehen kriegt.

Diese Reden empören die Kathie über alle Maßen. Schließlich ist es der Chef und bei dem müssen die Zahlen stimmen. Der muss seine Einnahmen und Ausgaben ordnungsgemäß verbuchen können. Das ist Voraussetzung für eine vorschriftsmäßige Buchhaltung. Die Kathie kriegt einen hohen Blutdruck, sie brennt vor ehrlicher Entrüstung, aber sie traut sich nicht, den Bruno zurechtzuweisen, sondern lässt ihn weiterschimpfen. Der will gar nicht mehr aufhören damit und blickt mit

• • •

wilden Augen um sich. In seinem Arbeitsvertrag steht, dass mit der Vergütung alle Zusatzleistungen abgegolten sind, schnaubt er erbost. Das heißt, für Nachtarbeit gibt's keinen Extra-Zaster. Am Feiertag auch nicht. Der Chef sagt, dass der Bruno sowieso nicht die ganze Zeit am Malochen ist, vormittags würde er nur faul herumsitzen für sein Geld, weil niemand an den Automaten spielt. Darum gibt's auch keine offizielle Pause. Und wenn der Bruno sich beklagt und mit Arbeitsgericht droht, heißt es: „Ich bin Dr. jur. und weiß es besser". Bei einer Kassendifferenz wird behauptet, der Bruno hätte falsch gewechselt oder die Automaten nicht richtig geleert. Die Differenz kriegt er vom Lohn abgezogen. Und die Tassen und Gläser und Löffel spülen darf er auch noch, obwohl das im Arbeitsvertrag überhaupt nicht vorkommt. Fließend warmes Wasser gibt es nicht, deshalb muss er zu der Kneipe gegenüber wackeln – der Bruno zeigt mit einem nikotinbraunen Finger aus dem Fenster – und mit dem 10-Liter-Eimer heißes Wasser holen. Zwischen den Autos über die Straße – und auf geht's zum Spülen! „Der Sklaventreiber ist zu geizig für einen Unterspülboiler", poltert der Bruno. „Das hier ist keine Spielhölle, das ist eine Spülhölle." Und die Kathie soll ihn mit ihren blöden Geishas verschonen. Wenn sie's was angehen würde, könnte er ihr ein paar Geschichten erzählen, wie's in anderen Spielhöllen so abläuft, wo keine verantwortungsvollen Angestellten wie der Bruno zur Verfügung stehen. Wo das Personal genau so ein elendes Gesocks ist wie die Kunden. Aber das geht die Kathie ja einen Dreck an. Darum erzählt er ihr das erst gar nicht.

* * *

Dann wird er wieder verträglicher und brummelt gutmütig: „Von mir aus kannst du das Geschirr spülen und den Laden putzen. Vor allem die Toiletten, da wollen ja nicht mal die Türken drauf". Zweimal in der Woche, sagt er dann noch, kommt so eine alte Hexe, die ein bisschen herumwischt. Die Kathie soll einen Zettel unterschreiben, dass sie die neue Putzfrau ist. Dann kann er die andere endlich hinausschmeißen. Dafür darf die Kathie herkommen, so oft sie will und ab und zu ein bisschen an den Automaten spielen. Bezahlen kann er sie aber nicht fürs Putzen. Wenn sie unbedingt will, kann sie auch Kaffee kochen, für ihn und die Kundschaft. Aber aus dem Geldgeschäft soll sie sich bloß raushalten. Und an der Hinterzimmertür wird nicht mehr gelauscht, wenn Besuch da ist. Sonst dreht er ihr eigenhändig den Hals um.

Nein, nein, die Kathie will wirklich kein Geld fürs Putzen und Kaffeekochen. Sie wird nicht müde, es zu beteuern. Sie betritt den Raum, in dem sich das Putzzeugs befinden soll. Bruno hat mit dem Nikotinfinger hingedeutet und „Hinterzimmer" gesagt. Mehr nicht. Dann ist er wieder maulfaul geworden. Aber die Kathie hat ihn schon verstanden. Jetzt betrachtet sie angewidert das Hinterzimmer: Ein alter Holztisch und vier Stühle, Kühlschrank, Bier- und Wasserkästen, Pappkartons. Pfui Teufel, das Sofa: fleckig und zerschlissen. Und die uralte Decke, die jemand zu einem Knödel geformt und mitten aufs Sofa geschmissen hat. Ein Waschbecken mit Unterschrank, darüber ein Spiegel. Der hängt so hoch, dass die Kathie nur ihren Scheitel sieht, wenn sie sich auf die Zehenspitzen stellt. Ein paar Metallrega-

le, vollgestopft mit Kram. Der braune Vorhang ist zuge-
zogen. Er hat Löcher. Alles ist unordentlich, dreckig,
muffig. Auf dem Tisch: jede Menge ungespülter Gläser,
ein Aschenbecher voll stinkender Kippen, dazwischen
ein langes Brotmesser mit blauem Griff, eine blubbern-
de Kaffeemaschine, wahrscheinlich total verkalkt. Eine
rote Geldkassette, der Schlüssel liegt obendrauf. Das ist
also der Raum, wohin der Bruno sich zurückziehen
kann. Der Personalraum. Ein mehr als bescheidener
Arbeitsplatz. „Hier sieht's ja aus wie bei Hempels un-
term Sofa", denkt die Kathie mitleidig. „Der arme Bruno". Immerhin ein Fernsehgerät. Gleich will sie anfangen mit dem Saubermachen. Der Schrubber lehnt an
der Wand. Jetzt muss sie nur noch einen Wischlappen
finden, einen Besen, Putzmittel, dann kann's losgehen.
Zum Glück kommt der Bruno gerade zur Tür herein, der
weiß bestimmt, wo die Sachen sind. Sie macht den
Mund auf und will ihn fragen. Aber der Bruno hat etwas ganz anderes im Sinn – so sind die Männer eben.
Die Kathie weiß das schon von der Ulla und wundert
sich deshalb nicht. Von der Schwester hat sie es schon
oft gehört: „Glaub bloß nicht, dass es was Besonderes
ist, einen Kerl zu haben, die wollen alle immer bloß das
eine". Rühmliche und allereinzige Ausnahme: Ullas
Chef. Der mit den Mon Chéri, der ist was ganz Besonderes.

Der Bruno hat überhaupt keine Zeit, mit der Kathie
zum Sofa zu gehen. Alles muss zügig ablaufen. Draußen
hängen die Kunden mit stierem Blick vor den Automaten herum. Jederzeit kann einem von denen das Münz-
geld ausgehen, dann schreit er nach dem Bruno. Des-

• • •

halb muss es ganz schnell hinter der angelehnten Tür passieren. Der Bruno äugt die ganze Zeit durch den schmalen Spalt hinaus. Wenn einer von denen da draußen sich nur bewegt, sagt er: „Scheiße“. Die Kathie kriegt furchtbare Bauchschmerzen. Sie traut sich nicht, sich zu beklagen. Lieber beißt sie die Zähne zusammen. Sie wird sich schon daran gewöhnen. *Aller Anfang ist schwer*. Endlich ist es vorbei. Der Bruno macht seine Hose zu und sagt: „Scheiße“, weil jetzt tatsächlich einer vorm Geldschalter steht. „Moment“, schreit er durch die Tür, „komme sofort“. Zur Kathie sagt er: „Fang zuerst mit den Klos an, da geht ja kein Türke drauf.“ Den Schlüssel, der auf der roten Geldkassette liegt, steckt er in die Hosentasche. Die Kathie soll sich bloß hüten, die Kassette anzurühren. Sonst dreht er ihr den Hals um. Und dann ist er schon im blinkenden und quiekenden Automatensaal verschwunden, wechselt Geld in Spielmünzen um und genehmigt sich einen Schnaps.

Die Kathie setzt sich kurz auf das Sofa und wartet, bis die Schmerzen etwas nachlassen. Sie findet Lappen, Besen, Allzweckreiniger und macht sich an die Arbeit. Zuerst wischt sie ihr Blut vom Fußboden auf. Der Bruno wird sich wundern. Der wird vielleicht Augen machen, wenn er nach ihrer Reinigungsaktion das Hinterzimmer sieht. Für die Einrichtung kann man nichts. Aber der Dreck! Die Kathie zieht den Vorhang zurück und lässt frische Luft herein. Hier drinnen riecht es penetrant nach Zigarettenqualm. Das kann sie nicht leiden. Aber zuerst die Toiletten. Der Bruno hat recht: Das ist ja wirklich eine einzige große Sauerei. Und der schöne Faltenrock und die neue Bluse. Die Kathie riecht schon wieder nach Schweiß und würde am liebsten unter die Dusche gehen. Stattdessen sprüht sie.

Der Bruno lobt. Das kann er sogar recht gut. „Schwesterchen", sagt er und legt ihr den Arm um die Schulter, „du bist ja 'ne Marke! Besser als der alte Putztrampel mit dem Kopftuch. Jetzt hast du dir 'nen Kaffee verdient." Die Kathie setzt zum dritten Mal frischen Kaffee auf. Die Kunden saufen das Zeugs wie die Irren. Die Kathie bedient. Sie kann nicht mehrere Tassen gleichzeitig tragen, ohne alles zu verschlappern. Also macht sie die Wege doppelt und dreifach. Zwischendurch spült sie. Heute läuft der Laden richtig gut. Endlich sitzt sie zum Verschnaufen bei Bruno vorm Geldschalter. Stolz schaut sie ihm zu, wie er auf das Geld aufpasst. Jetzt schöpft sie Mut und traut sich, ihn noch einmal zu fragen, ob er sie heute besuchen kommt nach der Arbeit. Oder vielleicht mag er lieber morgen? Aber heute ist besser, weil am Montag muss sie wieder arbeiten und früh raus. Sie schafft nämlich als Buchhalterin in der Debitorenabteilung, da muss man morgens ausgeschlafen sein. Sie hat schöne Videofilme. Zum Beispiel einen mit John Wayne und einer Geisha, wo ...

„Hast du eigentlich 'nen Schuss?", kläfft der Bruno los. „Ich scheiß auf deine Wohnung."

Aber die Kathie hat doch extra für ihn Würstel gekauft und Whisky und einen guten Rotwein. Den guten Rotwein möchte die Kathie ganz besonders hervorgehoben wissen. Sie kramt in ihrem Gedächtnis und erinnert sich an „Bouquet" und „Dekantieren". Aber damit hat der Bruno nichts am Hut. Bevor sie die beiden

• • •

schönen Wörter in einem Satz unterbringen kann, schneidet er ihr kurzerhand das Wort ab. Ob sie denkt, er macht auf Spießerfamilie? Seine Wohnung ist hier. Und wieder zeigt er mit dem braunen Finger zum Hinterzimmer. Da hat er alles, was er braucht. Bier und jede Menge Videofilme. Aber richtige Westernfilme mit John Wayne. Nicht so einen Schmalz mit Geishas und Trallala. Weiber hat er auch. Ob sie etwa glaubt, sie ist die einzige, die sich ihm an den Hals schmeißt? Da täuscht sie sich. Aber gewaltig. Da kennt sie den Bruno schlecht. Auf ihren Rotwein scheißt er im Übrigen auch. Den Whisky dagegen kann sie mitbringen, wenn sie ihn nicht braucht. Und wenn sie Langeweile hat, darf sie jederzeit zum Putzen kommen. Und wenn sie endlich ihren Kaffee ausgetrunken hat, soll sie abhauen. Gleich kommt noch ein Kumpel und ein paar andere wichtige Leute. Es gibt was zu besprechen. Etwas, das die Kathie einen feuchten Kehricht angeht. Aber es geht um eine große Sache, das kann er ihr flüstern. Also soll sie sich schleichen, sie wird hier nicht mehr gebraucht. Vom Acker soll sie sich schaffen und zwar ein bisschen plötzlich. Und zweimal will er ihr das nicht sagen müssen, sonst dreht er ihr den Hals um.

Die Katze, das stille Geschöpf, sitzt geduldig im Flur hinter der Eingangstür. Stunde um Stunde hat sie voller Sehnsucht auf Kathies Rückkehr gewartet. Die sanfte Stimme von gestern Abend, die zärtlich streichelnde Hand, all das Neue und Ungewohnte hat sich fest in ihrer Katzenseele eingebrannt. Jetzt schaut sie erwartungsvoll an der Kathie hoch. Aber die sieht als erstes die Lache, eine große Lache mitten auf dem Fußboden.

• • •

Die Kathie schreit vor Wut auf und tritt der Katze in den Bauch. Der zweite Fußtritt trifft den knackenden Unterkiefer. Die Katze stiebt kreischend und fauchend davon und versteckt sich in panischer Angst unter dem Sofa.

Die Kathie ist außer sich vor Zorn: „Ich dreh dir den Hals um", tobt sie und stampft mit den Füßen auf. Dann trommelt sie mit beiden Fäusten gegen das Sofa, um die Katze hervorzuscheuchen. Die bleibt zitternd und bebend in ihrem Versteck. Langsam wird Kathie ruhiger. „Na warte, du Viech", sagt sie noch einmal drohend. Dann zieht sie sich traurig aus und hängt ihre Kleider auf einen Bügel. In melancholischer Stimmung brät sie sich ein Würstel. Trotzig wird der teure Rotwein aufgemacht. Jetzt tut sie sich eben auch mal was Gutes. Ganz alleine für sich. Die Kathie ist müde, den Rest erledigt der Wein. Sie schläft, wie meist, auf dem Sofa ein, während John Wayne auf dem Bildschirm eine wüste Ballerei aufführt.

Die Manuela

„Wir bedauern, Ihnen mitteilen zu müssen, dass der ausgeschriebene Ausbildungsplatz zwischenzeitlich anderweitig vergeben wurde. Wir bedanken uns für Ihr Interesse an unserem Unternehmen und wünschen Ihnen für Ihre weitere berufliche und private Zukunft alles Gute."

Die Dame im Ledermini ist überhaupt keine richtige Dame. Es ist nur die Manuela, siebzehn Jahre alt, ein hin- und hergerissenes Mädchen. Die Manuela hat gerade die zehnte Klasse wiederholt und trotzdem hat es wieder nicht geklappt mit der mittleren Reife. Die Manuela interessiert sich halt überhaupt nicht für die Schule. Sie ist nicht so wie die dämlichen Tanten in ihrer Klasse, diese fleißigen Mädchen, die alles auswendig lernen, aber keine Ahnung vom Leben haben. Die sich anschleimen bei den Lehrern und sich über jede gute Note, über jedes kleine Lob freuen wie die Geistesgestörten. Die meisten von denen haben einen Ausbildungsplatz gefunden oder machen mit der Schule weiter, nur die Manuela nicht. Was soll sie mit einem Ausbildungsplatz? Man wird nur ausgenutzt. Sie will richtiges Geld verdienen, von den Eltern wegziehen, endlich etwas erleben. Der Mario sagt das auch. Der hat seine Ausbildung nach drei Wochen abgebrochen, weil ihm alles zu blöd war. Jetzt arbeitet er mal hier, mal da. Trotzdem hat er immer Kohle und lädt die Manuela in schicke Bistros ein. Die Manuela hat eine Schwäche für Cocktails. Wenn sie bunt geschminkt in ihrem geliebten Ledermini vor einem Cocktail sitzt, langsam am Stroh-

halm zieht und dazu eine Zigarette raucht, fühlt sie sich einfach toll. Sie weiß, dass alle Frauen ringsherum sie beneiden, weil alle Männer sie anstarren. Der Mario weiß das auch und ist stolz auf seinen Fang. „Willst du in einem Büro die Tippse spielen", sagt er, „oder bei einem Arzt krätzige Verbände wechseln, so geil wie du aussiehst?"

Nein, der Mario hat ganz andere Pläne mit ihr. Seine neueste Idee ist einfach genial: Begleitservice. Man geht mit reichen Herren aus, mit Chefs, die sich ein paar Tage geschäftlich in der Stadt aufhalten und hier keine Menschenseele kennen. Tagsüber haben sie Termine und Sitzungen und unterschreiben wichtige Verträge, aber am Abend fühlen sie sich einsam und sind dankbar für jede Gesellschaft. Man trinkt einen Cocktail mit denen, geht zum Essen in ein teures Restaurant, vorher vielleicht ins Theater ... Beim Wort Theater zieht die Manuela einen Schmollmund, Theater ist doch was für alte Knacker. Was sie denn eigentlich will, fährt ihr der Mario übers Maul, schicke Klamotten, Lippenstifte, tolle Schuhe und Cocktails – oder sich von den Eltern terrorisieren lassen? Von früh bis spät in irgendeinem Büro versauern – oder ein lustiges Leben führen? So geil wie sie aussieht. Der Bruno meint das auch, dass die Manuela geil aussieht. Jetzt kann sie noch gutes Geld machen damit, in zehn Jahren schaut sie kein Kerl mehr an.

Ja, was will die Manuela eigentlich wirklich? Sie weiß es nicht so ganz genau. Sie weiß nur eines: Die Eltern sollen sich schwarz ärgern. Sie ist kein Kleinkind mehr. Sie lässt sich nicht herumkommandieren. Bald

● ● ●

wird sie achtzehn. Sie wird alles ganz anders machen als die beiden sich das so vorstellen in ihren armseligen Spießergehirnen. Ganz und gar anders. Solche Gedanken erfüllen die Manuela mit trotziger Genugtuung: Ha, die Eltern, die sollen sich noch wundern!

SONNTAG. Die Kathie schenkt dem Bruno eine Flasche Whisky, führt Gespräche über Speiseröhren, erleidet einen Wutanfall und wird mit dem Taxi nach Hause gefahren.

Der Bruno wird schon sehen, wohin er mit seinem unsoliden Lebenswandel kommt. So ein Mann, der braucht auch mal ein bisschen Gemütlichkeit. Ein gutes Essen, mit viel Liebe gekocht. Nicht immer bloß rauchen und Bier aus der Flasche. Der kommt schon auch noch dahinter. Immerhin hat er bemerkt, wie gut die Kathie Ordnung halten kann. Gelobt hat er sie sogar: *„Und drinnen waltet die züchtige Hausfrau"*, hat er schelmisch gegrinst und sie neckisch gegen den Oberarm geknufft. Ein humorvoller Mensch. Ein bisschen grob ist er ja. Einen blauen Fleck wird der neckische Knuff wohl zurücklassen. Aber dafür hat er ein gutes Herz, das er hinter einer stacheligen Schale versteckt. So sind die Männer halt. Und erst recht, wenn sie einen so anstrengenden Beruf ausüben. Da muss man ein bisschen energischer auftreten, sonst tanzen einem die Kunden auf der Nase herum. Sie hat sie ja gesehen, die Typen. Wie die spielen und spielen mit ihren süchtigen Spielergesichtern. Der Bruno hat ihr grauselige Geschichten erzählt von anderen Spielhallen: Meist säßen dort heruntergekommene, alte, rauchende Frauen als Aufsichtspersonal herum. „Blond gefärbt", hat er verächtlich geknurrt. Das verächtlich hingeknurrte „Blond gefärbt" hat die Kathie furchtbar gefreut. Und die dortigen Kassen würden alle zwei Wochen überfallen. Ihm selbst ist das in seiner langen Laufbahn erst einmal passiert. Wenn die kleinen Gauner ihn nur sehen, las-

· · ·

sen die ihre Finger freiwillig von der Kasse. Mit dem Bruno ist nicht gut Kirschen essen, das kann jeder schon von Weitem erkennen: *„Wer mir zu nahe kommt, der wird zur Hölle geschickt."* So einer wie der Bruno lässt sich doch nicht bestehlen! Außerdem ist er schlau und verdient nebenher noch ein bisschen was dazu. Im Saal herrscht Alkoholverbot. Selbstverständlich kriegen seine Freunde und ganz spezielle Kunden trotzdem ein Gläschen mit einem guten Tröpfchen, das ist Ehrensache für den Bruno. Einlass ist ab sechzehn Jahren. Das ist dem Bruno aber so wurscht wie egal. An den Computerkanonen sitzen die Zwölf- bis Vierzehnjährigen und lassen die Figuren sich gegenseitig in Grund und Boden stampfen. Ein Gestöhne und Gewüte ist das, das wird manchmal sogar dem Bruno zu viel. Aber Hauptsache, das Geld stimmt. Bloß nachts, da muss er ein bisschen aufpassen. Bevor der Chef kommt, schmeißt er die Kinder raus. Deshalb steht er draußen auf der Straße vor der Tür und späht umher, ob der Chef mit seinen Gorillas anrückt. Zum Glück findet man in den *Quadraten* ganz schlecht einen Parkplatz, so dass die erst dreimal ums Karree herumgurken müssen mit ihrem BMW. Bis dahin hat der Bruno die Gläser weggeräumt und die Kinder fortgejagt. Gewinnen tun die ja eh nichts. Keiner gewinnt, außer dem Chef und dem Staat. Wenn einer der Kunden eine Serie hat und vielleicht einen Hunderter rausholt, hat er vorher garantiert dreißig eingeworfen. Dann spielt er wie im Fieberwahn weiter, bis alles wieder weg ist, denn heute ist ja der große Glückstag. Ein hartes Geschäft ist das, hat der Bruno der Kathie anvertraut. Wer schlau ist, schneidet sich ein schönes Stück vom Kuchen ab. Auch wenn der Kuchen dem Chef gehört. *Hilf dir selbst, dann hilft dir Gott. Jeder ist seines Glückes Schmied.*

Wenn der Bruno sich nach der Arbeit ein bisschen mit seinen Freunden treffen will, dann soll er doch. Männer wollen auch mal unter sich sein. Eine kluge Frau versteht das und krittelt nicht herum. Das schreiben die doch immer in den Zeitschriften. Im Kummerkasten, wo die Frauen um Rat fragen. Eine kluge Frau lässt dem Mann seine Freiheiten und seine kleinen Geheimnisse, sagen die Psychologen. Nur so kann sie ihn halten. Wie dumm die Kathie gewesen ist. Ja, so muss sie es anfangen. Immer geduldig und verständnisvoll. Nicht ständig den eigenen Willen durchsetzen wollen. Nicht immer gleich mit dem Kopf durch die Wand. Die Kathie schämt sich ein bisschen. Jetzt hat sie ihren ersten Freund und schon macht sie alles falsch. Macht ihm Vorschläge, will ihn zu Besuchen zwingen. Aber nun weiß sie, was sie zu tun hat. *Kommt Zeit, kommt Rat.* Die Kathie geht unter die Dusche. Weil heute Sonntag ist, dreht sie sich die Haare auf. Sie hat eine Trockenhaube, mit der sie in der Wohnung herumlaufen und aufräumen kann. Sie hat viel Zeit zum Nachdenken und zum Pläneschmieden. Zum Lachen wird sie den Bruno bringen, interessante Sachen erzählen, zum Beispiel von ihrer Arbeit in der Buchhaltungsabteilung. Wenn ihm danach ist, wird sie ihm verständnisvoll zuhören. Tolerant will sie sein. Er soll nicht denken, dass sie eine dumme Pute ist. Im Gegenteil: eine reife Frau ist sie! Mit Feingefühl und Einfühlungsvermögen. Großzügig, nachsichtig, ohne Vorurteile. Das wird ihm gefal-

• • •

len. Dem seine Weiber! Die machen ihm bestimmt dauernd Eifersuchtsszenen. Das können Männer nicht leiden. Aber die Kathie wird es besser machen. Sie sprüht sich mit Deo ein und zieht dann eine schwarze Hose und eine frische Bluse an. Adrett will sie ausschauen. Die Whiskyflasche packt sie in eine Plastiktüte. Als Geschenk für Bruno und seine Kumpels.

Ach, bevor wir es vergessen: Die Katze ist krank. Sie liegt auf ihrem Lieblingskissen und atmet schwer. Sie hat verklebtes Blut am Mund. Die Kathie füllt die Näpfe mit Trockenfutter und Wasser. Sie wird alles wieder gutmachen: Heute Abend wird sie sich um die Katze kümmern. Das arme Tier. Manchmal ist sie einfach zu aufbrausend. Aber hinterher tut ihr immer alles sofort wieder leid. So ist der Bruno auch. „Irgendwie passen wir beide richtig gut zusammen", denkt die Kathie froh. *„Gleich und gleich gesellt sich gern."*

Im **GLÜCKSPRINZEN** passt der Bruno hinter seiner Glasscheibe auf das Geld auf. Sein Kumpel sitzt vor dem Schalter und schwatzt auf ihn ein. Als sie die Kathie sehen, tuscheln sie miteinander: „Ich hab dir doch gesagt, die kommt wieder", wispert der Bruno, „die ist ganz scharf auf mich, die macht alles, was ich will." Die Kathie tut so, als hätte sie nichts gehört. Wie die klugen Frauen, die den Männern ihren Spaß lassen. Sie packt die Whiskyflasche aus. „Für dich", sagt sie zu Bruno, „und für deinen Freund". „Hoho", schreit Brunos Kumpel, „die bringt sogar Whisky mit. So eine hätte ich auch gern. Meine Alte verbietet mir das bloß." „Siehste wohl", frohlockt der Bruno, „man muss sich nur die

• • •

richtigen aussuchen". Dann kichern sie, weil sie das furchtbar komisch finden. Die Kathie bläht sich auf vor lauter Stolz. Der Bruno setzt noch eins drauf. Er schraubt seine Stimme ganz tief nach unten, deutet auf die Whiskyflasche und knurrt: *„Das ist das einzig Wahre, unverfälscht, doppelt gebrannt, im Fass gelagert. Hält die Seele zusammen. Ein Schluck davon würde dir auch gut tun bei der kalten Nacht heute".* Brunos Kumpel fällt fast vom Stuhl vor Lachen: „Kalte Nacht ist gut", japst er, „ich schwitz wie'n Aff." Aber auch er hat seinen John Wayne brav gelernt und kann deshalb parieren: *„Das könnte dir so passen, mich betrunken zu machen und übers Ohr zu hauen!"* Dann prusten die beiden los, schnappen nach Luft, halten sich den Bauch und kriegen minutenlang vor lauter Kichern kein normales Wort mehr über die Lippen.

Die Kathie hat eine Kittelschürze dabei. Sie will die Männer unter sich lassen und macht sich gleich über die Toiletten her. Jemand hat neben die Kloschüssel gebrochen. Kathie wischt alles sauber auf. Der Bruno hat tatsächlich im Hinterzimmer übernachtet. Und vorher mit seinen Freunden gefeiert. Man merkt es an den vollen Aschenbechern und den vielen leeren Bier- und Schnapsflaschen. Ein Durcheinander ist das hier! Die Kathie ist schwer begeistert von ihrem eigenen Großmut. Sie ist nicht so kleinkariert wie die anderen Frauen, die ihren Männern keinen kleinen Spaß gönnen. Oder gar den Schnaps verbieten. Nein, die Kathie ist tolerant. Eine Perle von einer Frau. Sie kehrt und wischt. Mehrmals schüttelt sie lächelnd den Kopf über so viel ungezügelte Jungenhaftigkeit. Das muss ja hoch

• • •

hergegangen sein. Da wird manch einem der Schädel brummen heute Vormittag. Die haben sich so richtig ausgetobt. Na, das muss ab und zu auch mal sein. Hoffentlich hat der Bruno auf das Geld aufgepasst. Man darf niemandem trauen.

Der Bruno ist hoch zufrieden: Die Kathie will tatsächlich kein Geld für ihre Arbeit. Muss er dem Chef auf die Nase binden, dass er den türkischen Wischmopp hinausgeschmissen hat? Die Dicke soll putzen und unterschreiben, das Geld behält er selber. Sie hat es ihm angeboten, also nutzt er sie nicht aus. Also kann sie sich hinterher nicht beschweren und maulen. Außerdem scheint die wirklich gerne in seiner Nähe zu sein, das imponiert dem Bruno über alle Maßen. Er verfällt in eine gemütvolle Stimmung und macht in seinem Kabäuschen bei der Kasse den Whisky auf. Die Kathie zieht sich einen Stuhl vor den Schalter, setzt sich auf die andere Seite der Glasscheibe und freut sich, dass ihm der Whisky so gut schmeckt. „Wer war denn die Frau gestern Abend?", will sie wissen. „Die sieht aus, wie jemand, den ich kenne." Der Bruno fährt zu ihr herum wie eine Natter und blafft gleich los, was die Kathie das überhaupt angeht. Nämlich nichts und dreimal nichts! Und woher sie die kennt? „Ich kenn die ja gar nicht", begehrt die Kathie auf, „die sieht bloß so ähnlich aus wie meine Schwester". Der Bruno amüsiert sich köstlich. „Deine Schwester?", grinst er, „wohl deine Zwillingsschwester?" Er gluckst vor sich hin. Die Kathie weiß gar nicht, was so lustig ist. Sie fängt an, von der Ulla zu erzählen, wie die aussieht, groß, schlank, blond und so weiter, von der Flasche Wein und vom Geburtstagsessen. Den Bruno interessiert das alles einen Dreck, aber er ist müde und die Figur von dieser unbekannten blonden Ulla ist immerhin ein lohnendes Gesprächsthema. Auch wenn die schon vierzig ist. Die Kathie hat ein Foto dabei und hält es an die Glasscheibe: „Meine Schwester", sagt sie nicht ohne Stolz. Dass zwei Schwestern so unterschiedlich aussehen können, das wundert den Bruno doch sehr. Er macht ein paar gehässige Bemerkungen darüber, weil er die Kathie reizen will. Aber die ist ihm nicht böse. Glückselig ist sie, dass ihr jemand zuhört. Sie redet und redet immer weiter, erzählt von der schönen Wohnung, vom Schwager, von der gefüllten Kalbsbrust und wie der Vater eine Erbse in die falsche Speiseröhre gekriegt, sie quer über den Tisch gespuckt hat und dann beinahe erstickt ist. Sie muss lachen, wenn sie nur daran denkt, wie die Mutter und die Ulla sich auf ihn gestürzt und ihm abwechselnd auf den Buckel gehauen haben. „Was für eine falsche Speiseröhre?", brummt der Bruno grob. „Na, die zweite Speiseröhre, die falsche eben. Wo man aufpassen muss, dass da kein Essen hineinflutscht, weil man sonst erstickt." „Du bist ja total schwachsinnig", gähnt der Bruno, du bist ja so doof, dass du brummst. Zweite Speiseröhre!" Er greift sich theatralisch an den Kopf und dreht die Augen Richtung Decke. „Schon mal was von Luftröhre gehört, Schwesterchen?"

Damit ist für Bruno das Thema erledigt. Inwendige anatomische Betrachtungen interessieren ihn wenig. Er trinkt lieber noch einen Whisky, spielt den Taubstummen und sinniert vor sich hin.

● ● ●

Die Kathie wird blass und gleich wieder rot. Fassungslos und ungläubig starrt sie ihn an. Der Bruno, das ist doch ihr Freund und jetzt fängt er an wie alle anderen. Wie die Kollegen, die alles besser wissen und sich lustig machen, wie die Ulla, der Vater und die Mutter. Bloß, weil sie mollig ist, denkt der jetzt auch, die Kathie ist dumm. Der Bruno ist auch nicht der Allerschönste, sie hält trotzdem zu ihm. Weil sie tolerant ist und nicht immer nur aufs Aussehen schaut. Und er behandelt sie von oben herab. Nur weil sie Pickel hat. Nach und nach gerät die Kathie außer sich, ein neuerlicher Anfall bricht sich Bahn.

Der Bruno merkt gar nicht, was er angerichtet hat: Er hat in ein Wespennest gestochen. Er sitzt vor seinem Glas und macht sich irgendwelche Gedanken. Wahrscheinlich denkt er gerade an seinen Chef und wie er dem mal so richtig eins auswischen könnte. Vielleicht denkt er auch an die Dame im Ledermini. Erst als die Kathie hektisch in ihrer Handtasche kramt und Block und Stift herausreißt, schaut er hoch und erschrickt vor ihrem verzerrten Gesicht. Der Kathie schnappt die Stimme über. Sie weiß genau, dass es „falsche Speiseröhre" heißt. Sie ist nicht schwachsinnig und doof, bloß weil der Vater das Geld immer nur in die Ulla gesteckt und der Kathie keine Nachhilfestunden gegönnt hat. Der Bruno war bestimmt auch ein schlechter Schüler. Sonst müsste der heute nicht so eine Scheißarbeit machen. Sie kritzelt fahrig auf dem Block herum, versucht, das menschliche Verdauungssystem aufzumalen. Sie weiß es noch genau, wie die Lehrerin es an die Tafel gezeichnet hat. Alle haben es ins Heft abmalen müssen.

• • •

Sie ist noch jung, nicht so alt wie der Bruno. Sie kann sich noch viel besser an die Schulzeit erinnern. Sie malt einen Kopf mit Mund, an dem zwei dicke Fäden hängen, die bis zu einem großen, runden Kringel, dem Magen, hinunterreichen. Das Ganze kleidet sie in einen kleinen rundlichen Körper und fügt – vier Striche – noch Arme und Beine dazu. Dazu schimpft und zetert die Kathie unaufhörlich. Dann schreibt sie mit zitternder Hand „erste Speiseröhre" und „zweite Speiseröhre" an die beiden dicken Fäden. Hinter „zweite Speiseröhre" macht sie: Klammer auf „falsche Speiseröhre" Klammer zu und donnert dem Bruno den Zettel so schwungvoll hin, dass die Glasscheibe nur so zittert. Da! Das soll er sich anschauen. Sie hat Recht! Sie weiß es noch genau. Sie ist nicht blöd. Eher hat der Bruno seinen Verstand versoffen. Alles wegen dem Whisky. Wie der Vater. Der wird auch zum Sau-Tier, wenn er Schnaps trinkt. Ihre Stimme schwingt gellend im Raum hin und her. Der Bruno sitzt starr und wie vom Donner gerührt. Der Mund steht ihm offen. Er hat keine Ahnung, was hier los ist. Die Kerle an den Automaten, sonst den Blick stier auf das Blinken und Blitzen gerichtet, gucken jetzt belustigt zu den beiden herüber und lachen. Ja, sie lachen ihn aus, weil er dasitzt wie ein Trottel und sich anschreien lässt von dem hysterischen Weib, dem fetten. Aber das lässt er nicht auf sich sitzen. Die ist wohl übergeschnappt. Er versteht nicht, was sie ihm sagt, aber so lässt er nicht mit sich reden. Niemand darf so mit ihm reden. Und eine Frau schon gar nicht. Und die da schon zehnmal nicht. Er springt vom Stuhl hoch, dass der nach hinten umkippt und hat sich in einer Se-

kunde flink wie ein Wiesel aus seinem Kabäuschen her-
ausgewunden. Mit einem einzigen Faustschlag bringt er
die Kathie zum Schweigen. Die Männer wenden sich
gleichmütig wieder den Automaten zu. Die Aufführung
ist zu Ende.

Es ist ein großes Glück, dass der Spiegel im Hinterzimmer des GLÜCKSPRINZEN so hoch hängt. Die Kathie
sieht zum Fürchten aus. Erst war das Gesicht voller
Blut. Jetzt, wo sie das Blut vorsichtig abgetupft hat,
kommt die ganze Bescherung zum Vorschein. Der Bruno steht daneben und gibt Anweisungen. In seiner Wut
wollte er die Kathie zuerst packen und hinausschmeißen. Aber die kann sich ja kaum auf den Beinen halten.
Also hat er sie ins Hinterzimmer geschleppt und ihr
einen Lappen nass gemacht. Himmel, wenn die jemand
in dem Zustand auf der Straße sieht! Am Ende laufen
ihm noch die Bullen ins Haus. Das kann er sich wirklich
nicht leisten. Die soll hier bleiben, bis es dunkel ist. Die
soll sich erst mal ausruhen, sonst klappt die zusammen.
Und er ist wieder der Dumme. Was wimmert die bloß
die ganze Zeit herum? Die macht vielleicht ein Theater!
Mein Gott, so ein kleiner Schlag. Die kann froh sein,
dass sie an ihn geraten ist. Ein anderer hätte sie fertig
gemacht. Der Bruno ist beunruhigt, immerhin gibt es
Zeugen. „Hör mal, Schwesterchen", sagt er beschwich-
tigend, „das war nicht bös gemeint. Ich kann es halt
nicht besonders gut leiden, wenn mich jemand dumm
anmacht. Ich geb dir Geld fürs Taxi. Aus meiner eigenen
Tasche. Wenn es dunkel ist, fährst du heim und legst
dich ins Bett."

• • •

Der Bruno stützt die Schwankende und führt sie zum Sofa. Die Kathie sieht und hört nichts, in ihrem Kopf ist ein Brausen, Dröhnen und Summen. Alles schmeckt nach Blut. Und dauernd schlagen ihre Zähne aufeinander wie im Fieber. Sie möchte weinen vor Schmerzen, die Erschöpfung lässt nicht einmal das zu. Der Bruno deckt die schmuddelige Decke über sie und redet ununterbrochen auf sie hinunter. Aber die Kathie fällt fast augenblicklich in einen gnädigen Schlaf.

● ● ●

MONTAG. Die Kathie wacht mit heftigen Nasenschmerzen auf und bekommt Besuch von der Ulla und dem Schwager.

Als die Kathie am Montagmorgen aufwacht, merkt sie sofort, dass irgendetwas nicht stimmt. Sie liegt in ihrem Bett, aber sie fühlt sich fremd in der Wohnung. Auch fremd in ihrem eigenen Körper. Draußen ist es seltsam hell. In ihrem Gesicht zieht und zerrt es in alle Richtungen gleichzeitig. Mein Gott, sie hat verschlafen. Sie hat den Wecker nicht gehört. Voller Panik will sie aufspringen. Sofort wird ihr schlecht und schwarz vor Augen und sie fällt auf das Kissen zurück. Als sie wieder zu sich kommt, fängt sie an, nachzudenken. An alles erinnert sie sich nicht mehr. Sie weiß nicht genau, wie sie nach Hause gekommen ist. Hat der Bruno sie hergebracht? Nein, sie ist allein in einem Auto gefahren. Die vielen Stunden, die sie schlafend, dösend, halb bewusstlos im Hinterzimmer des GLÜCKSPRINZEN verbracht hat, sind zu ein paar armseligen Erinnerungsfetzen zusammengeschrumpft:

Der Bruno war da und ein anderer Mann und die Dame im Ledermini. Sie kann sich an ferne dumpfe Geräusche erinnern, an raunende Stimmen hinter dicken Nebelwänden. Tür auf, Tür zu, ein Flüstern, ein Streiten, ein Fluchen. Das Knirschen des Schlüssels in der roten Geldkassette. Das Rascheln von Scheinen, das Klimpern von Münzen. Jemand beugt sich über sie, spricht auf sie hinunter und verlässt dann den Raum. Eine Hand legt sich auf ihre Stirn, sie will sie abschütteln, schreien … es gelingt ihr nicht. Sie träumt von gierigen Fingern, die nach Geld greifen und es in rote Kassetten versenken. Sie sieht Brunos Chef vor seinem Schreibtisch sitzen und weinen. Man hat ihn bestohlen, die Abrechnung stimmt nicht, die Buchhaltung ist voller Fehler, keine Menschenseele ist da, niemand, der die Fehler finden und ausbügeln kann. Die Kathie muss kommen, die findet alle Fehler. Nur sie kennt sich aus. Man sucht nach der Kathie, man ruft laut nach ihr, man rüttelt ungeduldig an ihren Schultern. Sie wird unruhig und wälzt sich hin und her. Sie wird gebraucht und kann sich nicht bewegen. Im Schneckentempo vergeht die Zeit. Dann plötzlich fliegt sie so schnell, dass die Kathie sich krümmt vor Angst. Du bist schwachsinnig, sagt der Bruno und der Vater nickt eifrig dazu und schlägt sich lachend auf die Schenkel. Aber die Kathie ist gut im Rechnen. Sie muss das Geld retten. Alles muss pflichtgemäß erledigt werden. Sie sammelt Kräfte und richtet sich auf. Der Schlüssel steckt in der Geldkassette. Mit ihren bloßen Händen rettet sie das Geld und versteckt es an einem sicheren Ort. Kleine weiße Tütchen sind auch dabei. Wo ist der rechtmäßige Besitzer? *Ordnung ist das halbe Leben.* Der Bruno schafft es nicht, die Kathie hochzuheben, auf seine Arme zu nehmen und aus dem GLÜCKSPRINZEN hinauszutragen. Er stöhnt und keucht, Schweißperlen stehen auf seiner Stirn. Plötzlich sitzt sie in einem Auto. Sie sieht, wie Brunos Mund sich bewegt und kann nicht verstehen, was er sagt. Dann fährt das Auto in die dunkle Nacht hinein und die Nebelwolken breiten sich wieder in ihr aus.

• • •

Kathies Nasenspitze ist nach links abgeknickt und so groß wie ein Pingpongball. Die Oberlippe ist aufgeplatzt, geschwollen, blutverschmiert, die rechte Wange rot und blau. Wenn sie den Mund aufmacht, knirscht und knackt der Unterkiefer. Die Kathie weiß, dass sie bei der Firma anrufen und sich entschuldigen muss. Mühsam schleppt sie sich zum Telefon. Probeweise versucht sie, ein paar Worte zu sprechen. Sie zwingt ihre Lippen, das Wort „Bruno" zu formen; es gelingt ihr nur unter großen Schmerzen. Zudem ist ihre Rede unverständlich. Ein eigentümliches Genuschel und Gemurmel quillt aus ihrem armen Mund.

Auf dem Fußboden neben dem Telefon liegt die Katze. Sie ist tot und ganz steif. Die Kathie will laut aufschreien vor Entsetzen, aber das Schreien tut weh. Überall auf dem Boden sind getrocknete Blutflecken verteilt: tropf-tropf, Katzenblut und Menschenblut. Die Kathie mag die Katze nicht anschauen und verschiebt den Anruf auf später. Schmerztabletten hat sie noch vom Zahnarzt. Sie nimmt gleich drei davon – auch wenn das Schlucken nur schwer gelingen will – und legt sich zitternd und weinend ins Bett.

Erst gegen acht Uhr abends kommt die Kathie wieder zu sich. Sofort fällt ihr die Katze ein und sie schaudert zusammen. Sie mag das eklige Tier nicht anfassen. Lieber ruft sie die Ulla an, die soll sofort kommen, die soll die Katze in eine Plastiktüte stopfen und in den Müll schmeißen, die soll gleich morgen früh bei der Firma anrufen. Die Kathie ist verzweifelt: Geldeingänge müssen verbucht, Mahnungen geschrieben werden. Sie

• • •

stellt sich den Chef vor, wie er heute Morgen die Hände gerungen und alle paar Sekunden auf die Uhr geschaut hat: Wo die Kathie nur bleibt? Es wird ihr doch nichts passiert sein. Nach Feierabend hat er blass vor Sorge die Firma verlassen. Wichtige Dinge sind unerledigt geblieben. Den ganzen Tag über wurden Fehler gesucht und nicht gefunden. Ohne die Kathie geht gar nichts. Alles versinkt im Chaos.

Die Ulla versteht nichts von Kathies lallenden Hilferufen am Telefon und denkt, die Schwester ist betrunken. Außerdem hat sie wieder einmal Streit mit ihrem Mann und ist verstimmt. Aber die schwankende Stimme am Telefon macht ihr doch Angst. Zehn Minuten später stehen die Ulla und der Schwager vor der Tür. Betroffen schauen sie die Kathie an. Keiner weiß, was zu tun ist. „Wer ist der Dreckskerl?", will der Schwager wissen, „warst du bei der Polizei?" Aber die Kathie schüttelt nur vorsichtig den Kopf und verfällt dann in heftige Weinkrämpfe. Niemand soll zur Polizei gehen, nur bei der Firma soll man anrufen. Unerledigte Rechnungen liegen auf ihrem Schreibtisch. Komplizierte Fälle dabei, über die nur die Kathie Bescheid weiß. Das darf niemand anderes in die Hand nehmen. Eine Katastrophe, wenn die Mahnung an die Firma Kunstwadl und Nachfolger ... „Hier stinkt's", ekelt sich die Ulla und reißt das Fenster auf.

Der Schwager macht sich widerwillig an der Katze zu schaffen. Mit bloßen Händen anfassen mag er sie nicht. Er sucht Zeitungen und findet keine. Er zieht Schubladen auf und wühlt in Kathies Schränken herum.

• • •

Schließlich zerfleddert er einen Versandhauskatalog, wickelt das Tier in ein paar Lagen buntes Papier, kurz wird sein Blick von den Bildchen angezogen, er hat die Seiten mit den halbnackten Damen erwischt und lässt seine Augen verstohlen von Dessous zu Dessous huschen. Doch die Ulla schreit schon „Heeehh!" Also wendet er sich ertappt ab und lässt das Paket vorsichtig in eine Plastiktüte gleiten. „Ich besorg ihr eine neue Katze", sagt er zu seiner Frau, „gleich morgen". Mit einer Schnur knüpfelt er die Tüte zu und stellt das Ganze vor die Eingangstür. „Umstandskrämer, sentimentaler", höhnt die Ulla. Dann gelingt ihr in mühseliger Kleinarbeit, ein paar verständliche Brocken aus Kathies Mund zu erhaschen. Die Ulla nimmt alles zum Anlass, ärgerlich zu werden. Sie freut sich, dass ihre schlechte Laune endlich ein Ventil gefunden hat. Jetzt hat sie einen guten Grund, zu toben und zu wettern. Ausführlich schimpft sie auf die Kathie ein. Dass die an allem selber schuld ist. Sie, die Ulla, hat schon immer gewusst, dass so etwas einmal passieren würde. Eine Schande ist das für die ganze Familie. Die Eltern dürfen es nie erfahren!

Doch so hart und verbittert ist selbst die Ulla nicht, um diesem gebrochenen Häuflein Elend widerstehen zu können, um nicht allem zuzustimmen, was sich da mit unendlicher Langsamkeit an Bitten aus dem verschwollenen Mund quält.

DIENSTAG. Die Kathie schildert dem alten Hausarzt ihre berufliche Überlastung, grübelt und verflucht die ganze Welt, die Erzählerin meldet sich mit Überlegungen zu Kathies seelisch-moralischer Verfassung zu Wort, während Bruno sich Gedanken über das Klimakterium virile macht.

Die Kathie nimmt Unmengen von Tabletten zu sich. Die Schmerzen wollen einfach nicht aufhören. Sparen muss sie ja nicht an den Pillen und Pülverchen, die Ulla hat versprochen, für Nachschub zu sorgen. Auf die Schwester kann man sich verlassen. Halb in Ängsten, halb beruhigt denkt die Kathie an den Chef, an die Kollegen und Kolleginnen, an die Damen von der Arbeitskräfteverleihfima. Die Ulla wird es schon richten. Die versteht es, am Telefon diplomatisch zu reden. Die Kathie kann das nicht, diplomatisch reden am Telefon. Bei der geringsten Kleinigkeit fängt sie mit den Leuten zu schreien an, immer regt sie sich so schnell auf. Mit dem Hausarzt will die Ulla heute Nachmittag vorbeikommen. Das ist einer von der altmodischen Sorte, die noch Krankenbesuche macht. Ja, die Kathie fühlt sich richtig krank. Es muss eben sein, auch wenn es peinlich ist, dass ein Fremder sie mit diesem schrecklichen Gesicht sieht. Eine Krankmeldung ist jetzt wichtig, hat der Schwager gesagt. Nächste Woche will sie wieder arbeiten gehen. Sie *muss* einfach wieder ins Büro, um nach dem Rechten zu schauen.

Der Arzt ist besorgt. Er will die Kathie ins *Klinikum* einweisen. Vielleicht ist die Nase gebrochen, der Kiefer müsste auch geröntgt werden, außerdem ist es seine

• • •

Pflicht, Anzeige zu erstatten. Die Kathie wehrt sich mit Händen und Füßen. Auf keinen Fall möchte sie, dass jemand ihre Nase anfasst, weint sie. Sie will alles tun, was der Arzt verlangt, aber das kann sie nicht vertragen, dass jetzt jemand an ihre Nase hinlangt. Alles geht von selber wieder weg, verspricht sie. Wieso Anzeige, was hat die Schwester erzählt? Die weiß doch gar nicht, wie sich alles zugetragen hat. Auf der Straße ist sie hingefallen. Sie zeigt dem Arzt die leere Rotweinflasche. Sie ist beruflich stark eingespannt in letzter Zeit, da trinkt man eben manchmal ein gutes Tröpfchen zur Entspannung und Erholung. Dann hat sie am Abend plötzlich gemerkt, dass kein Brot mehr im Haus ist und ist schnell zur Tankstelle über die Straße gerannt. Wegen der Eile ist sie hingefallen. Wegen dem Gläschen Rotwein war sie nicht mehr ganz sicher auf den Beinen. Was hat die Polizei damit zu schaffen? Schon so ist es peinlich genug. Die Ulla findet das Geständnis auch peinlich, schaut auf den Teppich hinunter und schämt sich wieder einmal für ihre schreckliche Familie. Der Arzt ist der alte Hausarzt. Er kennt die Kathie schon seit Kindertagen. Er will keinen Ärger machen und keinen Ärger haben und beschließt schweren Herzens, dem kaum verständlichen Gebrabbel Glauben zu schenken. Er beschränkt sich also auf gute Ratschläge, Ermahnungen, Salben und Pillen. Dann wünscht er gute Besserung und zieht sich zurück.

(Alter Hausarzt ab.)

Kaum ist der Arzt draußen, rückt die Schwester — immer noch kopfschüttelnd und zunehmend gereizt —

mit der Sache heraus: Ihr Anruf bei Kathies Arbeitskräfteverleihfirma war ein voller Misserfolg. Sie, die Ulla, kann überhaupt nichts dafür. Ganz diplomatisch ist sie das Problem angegangen. Aber jetzt überrascht sie gar nichts mehr. Kein Wunder, dass die Kathie sich im Büro so aufführt, wenn sie ständig betrunken ist. Was hat sie sich nur dabei gedacht? Wahrscheinlich hat sie sich gar nichts dabei gedacht. Die Ulla kann gut Stimmen nachmachen. Schon früher als Kind hat sie Stimmen nachgemacht und stolz den Applaus der Familie eingeheimst. Jetzt macht sie – nicht ohne die Szene salbungsvoll aufzubauschen – pathetisch die Dame von der Arbeitskräfteverleihfirma nach, wie die mit leidender Stimme ins Telefon klagt: Kathies Chef habe sich bei ihr über die Kathie beschwert. Sehr unangenehm sei das für sie gewesen. Die Kollegen hätten sich beim Chef beschwert. Gleich gestern, am Montag, weil sie nicht zur Arbeit erschienen sei. Unentschuldigt. Zwanzig Minuten nach Arbeitsbeginn, die Kathie immer noch nicht an ihrem Arbeitsplatz, habe der Herr Chef sie, die Dame von der Arbeitskräfteverleihfirma, in missgelaunter Stimmung angerufen. Man erwarte die Vermittlung zuverlässiger Mitarbeiter, habe er in den Hörer genörgelt. Bei derart überzogenen Vermittlungsgebühren, er halte die aktuelle Rechnung gerade in Händen, dürfe man ohnehin nur allerzuverlässigste Mitarbeiter erwarten. Sonst wähle man bei nächster Gelegenheit einen anderen Anbieter. Wortwörtlich genau so habe er sie via Telefon angepflaumt. Für sie, schließlich auch nur Angestellte, seien solche Anrufe äußerst peinlich. Obwohl derart unsachlich angepfiffen,

• • •

97

habe sie aufgebrachte Kunden zu besänftigen und sofortigen Personalaustausch zu versprechen. Das sei ihre undankbare Aufgabe in der Firma. Dieser Kunde sei zudem äußerst schwer zu besänftigen gewesen. Mit einer vermittelten Kraft wie der Kathie sei eine konstruktive Zusammenarbeit nicht möglich, habe er weitergemäkelt. Ihr Verhalten Kollegen und Vorgesetzten gegenüber sei untragbar. Mitarbeiter und Kunden seien von ihr angeschrien und beleidigt worden. Szenen habe sie aufgeführt, gelogen und gestohlen habe sie. Die Putzfrau, eine langjährige zuverlässige Mitarbeiterin, sei verunglimpft und Verdächtigungen ausgesetzt worden. Ihre eigenen Diebstähle habe die Kathie versucht, anderen Personen in die Schuhe zu schieben. Nicht nur der persönliche Kontakt mit ihr sei nervenaufreibend, auch mit ihrer fachlichen Kompetenz sei man höchst unzufrieden. Die Arbeitskräfteverleihfirma sei dringend ersucht worden, sofortigen Ersatz zu liefern und habe daraufhin die Konsequenzen ziehen und eine fristlose Kündigung aussprechen müssen. Ihr, als einfache Angestellte, sei das persönlich mehr als unangenehm. Rein menschlich denke sie völlig anders über die ganze Sache. Beruflich bedingt müsse sie jedoch so handeln. Es lägen Anweisungen vor, die sie zu beachten habe.

Die Ulla wedelt triumphierend mit dem Umschlag, dessen Inhalt ihren Bericht bestätigt: „Da! War schon im Briefkasten. Warum säufst du dich voll und führst dich so auf?", schreit die Ulla, „irgendwie bist du nicht ganz richtig im Kopf." Und dass sie nicht übel Lust hätte, den Kontakt mit der Schwester ganz abzubrechen, schreit sie noch hinterher. Dem Schwager wird sie's

• • •

auch erzählen. Der denkt nämlich immer, die Kathie ist so ein harmloses, dummes, armes Würmchen. „Jetzt kannst du sehen, wie du aus dem Schlamassel wieder rauskommst." Und rumms! – nachdem die Schwester die mitgebrachten Zeitschriften auf den Tisch geknallt hat – ist die Tür hinter der Ulla wütend ins Schloss gefallen.

Wie die sieben alttestamentarischen Plagen brechen die Katastrophen über die Kathie herein. Eine nach der anderen, aber doch in so rascher Folge, dass kaum eine Verschnaufpause bleibt. Die Kathie ringt um Fassung. *„Kommt Zeit, kommt Rat"*, sagt sie laut in die Stille ihrer Wohnung hinein. Und gebetsmühlenhaft, immer wieder: *„Abwarten und Tee trinken"*. Ihre Stimme klingt seltsam dumpf und fremd. Und jetzt kocht sich die Kathie doch tatsächlich einen Tee, obwohl sie eigentlich eine Kaffeetante ist. Wer krank ist, muss Tee trinken. *Tee und Brot macht Wangen rot.* Der Wasserkocher ist ganz neu. Weiß ist er mit einer hellblauen Wasserstandsanzeige. Wenn das Wasser heiß ist, braust und wackelt er auf seiner Unterlage freudig hin und her wie ein Lämmerschwanz. Die Kathie ist ganz verliebt in ihren schönen, neuen Wasserkocher und schaut ihm gerne bei der Arbeit zu. „Es wird mir das Genick brechen", denkt sie plötzlich. Mit zitternden Händen gießt sie das Wasser in die Teekanne. Salbeitee, drei Beutel. Woher soll das Geld für die Wohnung kommen? Und für ihre kleine Lebensversicherung? Der Vermieter schmeißt sie raus. Und freut sich noch, weil die Kathie ihm einen Grund dafür liefert. Zehn Minuten muss der Tee ziehen, damit er auch schön nach Salbei

• • •

schmeckt. Bei der Mutter hat sie Schulden. Kein Aufschub bleibt zum Kräftesammeln. Die Kathie verbrennt sich die Lippen, als sie den Becher zu früh an den Mund führt. Viel zu heiß, stehen lassen, abkühlen lassen. Man muss sich schon wieder beim Arbeitsamt melden. Die werden sagen, die Kathie ist selber schuld und ihr für drei Monate das Geld sperren. Jetzt kann man einen ganz vorsichtigen Schluck nehmen. Oder bei der Arbeitskräfteverleihfirma anrufen und alles aufklären: dass die Kollegen lügen, dass der Chef sie nicht leiden kann. „Bääähhh", die Kathie hasst Salbeitee. Der Bruno würde nie im Leben Salbeitee trinken, nie im Leben. Darauf könnte die Kathie wetten. Den DVD-Player, den sie im Versandhaus bestellt hat, wird sie wieder retour schicken müssen. Dabei hat sie sich schon so darauf gefreut, das alte Videodings endlich wegzuschmeißen. Weil sie nicht so schlank ist wie die anderen, denkt jeder, mit ihr kann man sich alles erlauben. Weil sie nicht groß und blond ist wie die Ulla. Egal, der Tee muss getrunken werden. Jetzt heißt es schnell gesund werden. Vors Arbeitsgericht wird sie gehen. Man hat ihr übel mitgespielt. Denen wird sie's zeigen. Wo sie doch schwer krank ist. Sie wird Recht bekommen. Nicht zu viel auf einmal, bei jedem Schluck schmerzt das Gesicht. Alle Welt ist gegen sie. Weil sie gut rechnen kann. Weil sie immer die Fehler findet, die die anderen gemacht haben. Vielleicht kann man den Tee mit einem Löffelchen Honig versüßen? Mit ihrer fachlichen Kompetenz ist man unzufrieden. Diese Lügner, lauter Schweine! Die einzige ist sie gewesen in dem Laden, die überhaupt rechnen konnte. Die überhaupt ein Gefühl für Zahlen hatte. Die Kathie weiß nicht so ganz genau, was Kompetenz bedeutet. Aber das Wort macht Eindruck auf sie, es muss etwas Tolles, etwas Erstrebenswertes sein. Sie wird es sich merken. Es gibt ja noch andere Arbeitskräfteverleihfirmen. Sie wird sich bei einer anderen Firma vorstellen. Alle hat sie noch nicht durch. Drei oder vier sind noch übrig. Sie wird gleich morgen ihre Zeugnisse zusammenkramen und schon nächste Woche hat sie eine neue Arbeit. *Andere Mütter haben auch schöne Töchter.* Mit Freuden wird man sie einstellen. Sie, Kathie, die Buchhalterin mit der guten fachlichen Kompetenz. Die werden schon sehen, wohin die jetzt kommen ohne die Kathie. Die Fehler werden sich anhäufen und auftürmen, weil niemand mehr da ist, der sie findet. Ja, so lässt sich das Zeugs trinken. Leute wie die Kathie werden überall gesucht. Noch ist *nicht aller Tage Abend* und *nichts wird so heiß gegessen wie es gekocht wird.*

Hoffnung ist die bescheidene Schwester der hochnäsigen Selbsttäuschung. Der Schwestern Züge ähneln sich und wer nicht aufpasst und ganz genau hinschaut, zack, der ist schon hereingefallen und einer Verwechslung aufgesessen.

Aber die Schuld an allem hat ja eigentlich der Bruno. Langsam lässt die Schockwirkung nach, dafür beginnt Zorn an Kathies Seele zu nagen. Schon allein das Wort „Bruno" bereitet ihr heftige Übelkeit. Alles Schlechte, alles Gemeine wünscht sie dem Lumpenkerl an den Hals. Ausgenutzt hat der sie. Putzen hat er sie lassen. Den Schweinestall, die Dreckstoiletten. Ohne zu bezahlen. Sie hat sich ihm hingegeben, ja hingeopfert hat sie sich ihm. *Undank ist der Welten Lohn* und nun hat *der Mohr seine Schuldigkeit getan.*

Die Kathie läuft ruhelos in der Wohnung auf und ab, weint eine gute Weile verzweifelt vor sich hin und trinkt dabei mit dem Strohhalm aus ihrem Teebecher. Plötzlich bleibt sie bestürzt stehen. Eine winzig kleine Erinnerung drängt sich auf. Ein sonderbares Gefühl. Fast macht es ihr ein bisschen Angst. Wo ist die schwarze Hose vom Sonntag? Seltsam, dort liegt sie ordentlich zusammengefaltet auf dem Sessel. Die Kathie bewegt sich langsam und zögerlich auf die Hose zu und legt ihre Hand darauf. Tatsächlich, irgendetwas lässt sich unter dem Stoff erfühlen. Eine leichte Erhöhung ist zu ertasten. Das Herz klopft der Kathie so, dass es ihr beinahe die Luft nimmt, als sie das dicke Geldbündel in der Hand hält und den Umschlag, in dem noch mehr Geld drin ist und lauter kleine Tütchen mit Zucker. „Typisch Bruno", denkt die Kathie, „der alte Schlamper legt die Zuckerbeutelchen in die Geldkassette statt in den Schrank zu den Tassen, wo sie hingehören." Das wird sie ihm noch abgewöhnen! Nicht einmal schön sind die Beutelchen. Die Kathie sammelt selber solche Tütchen. In jedem Café nimmt sie Zucker mit für ihre Sammlung. Bunte, mit Bildchen verzierte Päckchen, auf denen Zucker, Zucchero oder Sucre steht. Aber die da? Hässlich! Ohne Bild, ohne Schrift. Noch mit Flecken drauf, einfach nur widerlich. Wirklich typisch Bruno. Die Kathie wirft die Beutelchen angeekelt in den Mülleimer und zählt das Geld nach. Soviel Geld hat die Kathie noch nie auf einmal in der Hand gehabt.

• • •

Die Kathie steckt – beileibe nicht zum ersten Mal in ihrem Leben – in einer Nervenkrise. Der Arbeitsplatz ist verloren. In ihrem Besitz befindet sich Geld. Aber leider, leider, es gehört ihr nicht. Es muss – schon aus buchhalterischen Gründen – an den rechtmäßigen Eigentümer zurückgegeben werden. So verlangt es ein fest in ihrem Inneren verankertes Gesetz, so fordert es die Berufsehre. Eine treue Buchhalterinnenseele hat sich keinen plötzlichen Geldgelüsten hinzugeben, mögen diese sich auch noch so frech in den Vordergrund drängen. Aber wenn solche Überlegungen mit vernünftigen Argumenten einhergehen? Nein-nein-nein, nie würde die Kathie in Erwägung ziehen, dass man eventuell ... Oder etwa doch? Sie hat das Geld bitter nötig, zumindest zum Übergang, als Ersatz für ausbleibende Gehaltszahlungen, als kleinen Trost für erlittenes Ungemach. Ihre Bluse ist nicht mehr zu gebrauchen, alles ist voller Blut. Man wird sich eine neue kaufen müssen. Vielleicht sogar eine Hose. Sie hat einem Mann vertraut. Nie hätte sie Bruno ihr Vertrauen schenken dürfen. Dem Saukerl, wie die Kathie ihn seit einigen Minuten zornig nennt. Oder ist alles nur ein schreckliches Missverständnis? Hat sie den armen Bruno zu sehr verärgert? Hätte sie sich nicht diplomatischer, nachgiebiger verhalten sollen? Mein Gott, bloß weil er das mit den zwei Speiseröhren nicht weiß. Als ob es darauf ankäme im Leben. Auf der anderen Seite: Nachgiebigkeit liegt der Kathie überhaupt nicht. Sie ist nicht wie die Mutter, die immer und zu allem ihre Klappe hält. Jeder hat das Recht, seine Meinung zu äußern. Nur wegen dem Zorngiggl, dem aggressiven, sind Kummer

• • •

und Schmerz, allerhand Peinlichkeiten und Existenz-ängste über sie hereingebrochen. Muss man sich das gefallen lassen? Andererseits: Vielleicht tut dem Bruno die Sache schon längst leid? Vielleicht wartet er auf sie. Er ist immer so schrecklich allein. Die Kathie weiß, was es heißt, allein zu sein. Sie denkt ein bisschen an die tote Katze, muss aber bald wieder damit aufhören, weil ihr die Tränen in die Augen stürzen. „Ich bin allein", murmelt sie, „ich bin eine einsame und unglückliche Frau". Dieser Satz gefällt ihr und rührt sie und macht ihr trotz allem so viel Spaß, dass sie ihn mehrmals in Ge-danken wiederholt und ihn dann sogar ganz laut ins Zimmer hineinspricht: „Eine einsame und unglückliche Frau."

Finanzielle Probleme müssen von der Kathie bewäl-tigt werden. Es gilt, eine neue Arbeit zu finden, eine neue Arbeitskräfteverleihfirma aufzusuchen. Unterla-gen müssen zusammengestellt, Fotokopien angefertigt werden. Aber es fehlt der Kathie an Energie und Kraft. Auch ist zurzeit ein Vorstellungsgespräch unmöglich. Von fotografischen Aufnahmen für die Bewerbung ganz zu schweigen. Ihre Nase – ein verschwollenes, unförmi-ges Gebilde. Ob der Bruno wohl denkt, sie hat das Geld mitgenommen? Ob er sie suchen, sie zur Rechenschaft ziehen wird? Ist sie beim Diebstahl beobachtet wor-den? Aber es ist ja gar kein Diebstahl. Sie hat das Geld in Sicherheit gebracht. Hier in ihrer Wohnung ist es sicher vor unerlaubten Zugriffen. Wenn sie wieder ge-sund ist, vielleicht schon morgen, wird sie das Geld dem rechtmäßigen Eigentümer übergeben. Von Bruno weiß sie, dass „der Alte", wie er seinen Chef nennt, in

Ludwigshafen wohnt. Sie wird ihn finden. Er wird ihr dankbar sein. Vielleicht wird er ihr eine Arbeit in seiner Buchhaltung anbieten. Weil sie so vertrauenswürdig und zuverlässig ist. *Ehrlich währt am längsten*.

Plötzlich kriegt die Kathie Angst. Durch seine Abwesenheit ist der Bruno so furchterregend anwesend. Wie eine geträumte Person kommt er ihr vor und doch ist er in ihrer Nähe wie ein alles überragender riesiger Schatten. Ganz langsam kriecht die Angst über ihren Körper, in den Körper hinein und krampft sich um ihr Herz, so dass sie unwillkürlich die Hand darauf legen muss. Vorsichtig, ganz vorsichtig steht sie auf und schaut hinter dem Vorhang auf die Straße hinunter. Es ist niemand zu sehen. Ratlose Verängstigung sitzt der Kathie in den Knochen. „Bruno", denkt sie verzweifelt, „Bruno".

Eine unangenehme, eine verhängnisvolle Lage ist es, in der die Kathie sich befindet. Um nichts in der Welt möchten wir uns an ihrer Stelle befinden. Doch empfinden wir ehrliches Mitleid mit diesem Menschenkind? Falls noch nicht geschehen, ist es nun an der Zeit, eine Entscheidung zu treffen: Wollen wir uns der von Schwester Ulla schnell gefassten Verurteilung anschließen und die eingetretenen Verheerungen als selbst herbeigeführte Folgerichtigkeiten bezeichnen? Oder ist die Kathie nur ein Spielball äußerer Kräfte, von Pech verfolgt, getrieben und gejagt von Kindesbeinen an? Ein Opfer ihrer Einbildungswelt? Hat eine Kathie denn überhaupt keine Chance, selbst einzugreifen in ihre Geschichte, selbst mitzugestalten an ihrem Schicksal? Aber ja doch, wir werden sie eingreifen lassen. Gemach, gemach! *Kommt Zeit, kommt Rat*, würde die Kathie jetzt sagen oder: *Abwarten und Tee trinken.* Gönnen wir also der Kathie eine weitere Tasse des belebenden Salbei-Tees und warten wir noch ein wenig ab.

Solange er persönlich unbeeindruckt ist, hat fast jeder Mensch die Fähigkeit, systematisch zu denken. Die meiste Zeit jedoch gestalten wir unsere geistige Arbeit wie ein Bär seinen Winterschlaf: träge, gemütlich und behaglich. Wie die Tiere denken wir am liebsten in Bildern. Schleichen sich noch dazu Sorgen in unser Leben ein, sind Betrachtungen in methodisch-geordneten Bahnen gänzlich unmöglich. Unsere Kathie, auch sonst nur selten in der glücklichen Lage, die kleinen Begebenheiten des Alltags denk- und folgerichtig zu katalogisieren und urteilsgenau in größere Zusammenhänge einzubinden, verstrickt sich jetzt – wer hätte kein Verständnis dafür? – mehr als sonst in gedankliche Gespinste, in wirre Hirngespinste.

Die Kathie grübelt, sinniert, brütet. Sie lässt sich von Bildern führen, von Erinnerungen und Gefühlen. Auch von Gerüchen. Eine bestimmte Duftmischung aus Tabak, After Shave und Alkohol, die den Namen Bruno trägt, hat sich ganz fest in den Tiefen ihres Unterbewusstseins eingenistet. Von Zeit zu Zeit steigt der Geruch aus der Tiefe an die Oberfläche, ja bis hinein in ihre Nase, und lässt ihr Herz weh werden. Alles, was die Kathie jetzt leitet, ist von einer die Lösungsfindung erschwerenden, wenn nicht abträglichen flatterhaften Unbeständigkeit. Wie junge Zicklein springen ihre Über-

• • •

legungen außer Rand und Band hin und her, auf und ab, überschlagen sich gar vor Unbeherrschtheit und vor Widersprüchlichkeiten. Ungezügelt und impulsiv sind ihre Empfindungen. Weit holt die Kathie aus. Von einer Person zur nächsten hüpft sie, vom Vater zur Mutter, von der Schwester zum Schwager. Und immer wieder zu Bruno. Ohne Unterlass dreht sie sich im Kreis und findet keinen Ausweg aus diesem Strudel. Keine einzige ihrer Ideen besitzt Anfang und Ende. Herauskatapultiert aus ihrer Gedankenwelt kommen sie umgehend oder auf allerlei Umwegen zurück oder verschwinden auf Nimmerwiedersehen. Ihr Hass holt zu weitschweifigen Rundumschlägen aus und schweißt alle nur erdenklichen Individuen – die Kollegen, die Chefs, die Damen von der Arbeitskräfteverleihfirma, Ärzte und ihre Helferinnen, die blonde Dame im Ledermini, Brunos Schnaps trinkenden Kumpel Mario – zu einer riesenhaften verabscheuungswürdigen Einheit zusammen. Keine Rede kann sein von berechnender Kühle. Kaum ist ein Gedanke erfasst, ein Gefühl erkannt und eingestanden, wird alles jählings verworfen, in sein Gegenteil verdreht und verkehrt, bis zur Unkenntlichkeit verheddert und verstrickt. Niemand bleibt verschont von Kathies stürmischen Beschimpfungen, selbst der Bruno nicht.

Der Bruno! Was macht der Bruno eigentlich gerade jetzt in diesem Moment? Er sitzt an seinem Arbeitsplatz, in seinem Kabäuschen bei der Kasse und passt auf das Geld auf. Aufgebracht ist er, ganz fürchterlich böse, zornig und sauer. Auf die Kathie natürlich. Die ist an allem schuld. Hätte die nicht den lieben langen Abend wimmernd auf dem Sofa herumgelungert. Legt

• • •

sich hin und spielt krank. Wegen dem kleinen Schlag! Bruno bemüht sich, ruhig zu bleiben. *Ich habe noch nie auf jemanden geschossen, wenn ich nicht unbedingt musste!* Natürlich kann er das nicht so treffend ausdrücken wie John Wayne, aber war er nicht im Recht? Soll man sich alles gefallen lassen? Er musste einfach zuschlagen, die hat ihn doch dazu herausgefordert.

Der Bruno hat Angst. Er denkt an ihr zerschundenes Gesicht. Heute sieht es noch viel schlimmer aus. Er braucht es nicht zu sehen, so etwas weiß er aus Erfahrung. Was, wenn sie die Bullen anruft? Wenn die ihn anzeigt? Er glaubt nicht so recht daran. Die hat doch bloß Theater gespielt. Getan, als wär sie kurz vorm Abschnappen. Der Mario hat ihn ganz krank gemacht mit seinem Geschwätz: „Was, wenn die jetzt abkratzt? Dann stecken wir alle mit drin. Bloß, weil du dich nicht beherrschen kannst." Ausgerechnet der Mario sagt das, das Schlitzohr. Der hat ihn reingelegt. Hin- und hergeschwafelt, ein wildes Durcheinander verbreitet hat der. Und die Manuela, die kleine Schnalle, immer mittendrin dabei. Geheult hat die wie eine Sirene: „Du hast sie umgebracht, du hast sie umgebracht. Wenn meine Eltern das erfahren." Dem Bruno gellen die hysterischen Schreie noch in den Ohren. In Wahrheit war alles ein abgekartetes Spiel. Die wollten ihn ablenken. Er hat sich über die Kathie gebeugt, ihren Puls gefühlt, ihr gut zugeredet. Ein kühlendes Handtuch hat er ihr auf die fieberheiße Stirn gelegt. Und später draußen auf das Taxi gewartet ...

• • •

Und jetzt ist das Geld aus der roten Kassette verschwunden. Und – was noch schlimmer ist – der ganze
schöne Schnee. Als er das Taxi angerufen hat, da waren
die drei allein im Zimmer. Oder ist es passiert, als er die
Kathie zum Taxi hingeschleppt hat? Bestimmt hat der
Mario die Gelegenheit genutzt und sich das Zeugs ge-
krallt. Ewig hat der Bruno mit dem Taxifahrer verhandeln müssen. Ob der die Bullen gerufen hat? Nein, bestimmt nicht. Die wären schon längst da gewesen, so
etwas lassen sich die doch nicht entgehen. Fast könnte
man meinen, die Kathie steckt mit den beiden anderen
unter einer Decke. Legt sich hin und spielt die Schwer-
verletzte. Er ist darauf hereingefallen. Er wollte doch
bloß helfen. Das hat er nun von seiner Gutmütigkeit.
Aber er glaubt selbst nicht so recht an seine Verdächtigungen. Der dicke Trampel ist doch ganz scharf auf ihn.
Das weiß er mit hundertprozentiger Sicherheit. Dabei
ist die so fett wie ein Molch. Und Pickel hat die, ekel-
haft. Außerdem steht der Bruno mehr auf die Blonden.
So eine wie die Manuela, die könnte ihm gefallen. Aber
wer weiß, vielleicht hat die Kathie ja irgendwie recht.
Was die dahergeschwafelt hat von ihrer Wohnung, vom
Kochen und Putzen. *Schönheit vergeht, Treue besteht* –
das hat seine Mutter schon gewusst. Und Würstel liebt
der Bruno auch. Was wäre einzuwenden gegen regel-
mäßige Mahlzeiten, gegen ein ordentliches Heim, eine
willige Frau, die ihn anhimmelt? Das passiert ihm nicht
mehr allzu oft in letzter Zeit, eigentlich gar nicht mehr.
Früher, ja, da war er ein toller Hecht. An jedem Finger
hatte er zehn. Die waren hinter ihm her wie der Teufel
hinter der armen Seele. Immer war genug Geld da.

• • •

Heute ist er müde. Seine Haare sind dünn geworden, der Bauch wölbt sich gefährlich unter dem T-Shirt. Wenn er sich nicht mit Bier und Schnaps zudröhnt, kann er nicht einschlafen. Von morgens bis abends fühlt er sich gereizt. Er hasst seine Arbeit, die macht ihn fertig. Sein Chef nutzt ihn aus. Und diese Geräuschempfindlichkeit! Das Kampfgeschrei von den Computerspielen kann er kaum mehr ertragen. Das war doch früher nicht so. Er kann mit niemandem darüber reden. Der Mario versteht das nicht, der ist jung und drahtig, der würde ihn auslachen. Der bewundert ihn doch, weil er so erfahren ist mit den Frauen und schon so viele Dinger gedreht hat. Der hängt ihm an den Lippen, wenn er von früher erzählt. Für den ist der Bruno das große Vorbild. Soll er dem Mario vielleicht von den Ängsten erzählen, die er neuerdings hat, von den Albträumen, die ihn plagen? Soll er dem vielleicht mit seinen Erektionsstörungen kommen? Wiehern würde der vor Schadenfreude. Brühwarm würde der die Sache der Manuela weitertratschen, dass der Bruno Tabletten nehmen muss gegen den Blutdruck. Er erinnert sich gut, wie der Mario ihn letzte Woche aufgezogen hat. „He Alter", hatte er gesagt und ihm auf die Schulter gehauen, „dein Bierbauch wird ja immer umfangreicher. Langsam reicht er bis zum Hals". „Dann wird halt in Zukunft mehr Schnaps als Bier getrunken", hat der Bruno zurückgescherzt. Dabei war er wie vor den Kopf geschlagen. Er merkt es ja selbst, wie sein Körper sich verändert, dass alles dicker wird, aber die Beine und die Arme dünner. Dass seine Haut spannt, wenn er nicht dauernd Nivea draufschmiert. Er merkt das alles selber.

Dass er in den Wechseljahren ist. Auch wenn er's nicht zugeben will. Dass er langsam alt wird.

Aber der soll sich da raushalten, der kleine Möchtegern-Casanova mit seiner Biene. Da müssen ganz andere kommen, um den Bruno fertigzumachen. Mit dem nimmt er es allemal auf. Dafür reicht seine Energie noch. Jederzeit. Das kann man mit dem Bruno nicht machen. Von seiner Erfahrung profitieren, ihm gute Ideen abluchsen, gemeinsame Sache machen und ihn hinterher übers Ohr hauen. Dem wird er es zeigen. Der soll hier bloß auftauchen. Den macht er zur Schnecke, den Affenpinscher!

MITTWOCH. Die Kathie grübelt immer noch, trainiert die Spielregeln für ein neues Spiel, liest in Kummerkästen, verfällt auf eine geniale Idee und führt Verhandlungen mit dem Schwager, derweil die Schwester mit ihrem Chef Sushi genießt.

Bereits früh am Morgen, fast ist es noch Nacht, ist die Kathie schon wieder wach. Der Schmerz gönnt ihr nur kurzen Schlaf. Kummer nagt an ihrem Herzen. Sie vermisst die Katze und fühlt sich einsam. Warum ist sie eine so pedantische Person? Nichts hasst sie mehr als eine unregelmäßige Buchführung. Warum hält sie so sehr auf Ordnung? Die Eltern haben es in sie hineingepresst: *Ordnung ist das halbe Leben*. Der Bruno denkt anders darüber. Das weiß sie, zumindest ahnt sie es. Aber vielleicht hat er recht? Er ist älter als sie, erfahrener. Und sie erregt sich hier kindisch wegen dem bisschen Geld. Vielleicht mag er sie ja. Warum sollte sie sich Sorgen um das Eigentum fremder Leute machen? Denkt vielleicht irgendjemand an *sie*? Die Erziehung ist ein Fluch. Trotzdem wird sie den Bruno überreden, das Geld dem rechtmäßigen Eigentümer zurückzugeben. Die Buchhaltung muss stimmen. Wenn er das nicht will, könnten sie mit dem Geld gemeinsam ein neues Leben anfangen. Das Geld ist der Kathie jetzt einerlei. *Geld allein macht nicht glücklich*. Aber *der Klügere gibt nach*.

Zwei Seelen kämpfen, ach, in Kathies Brust. Die treue Buchhalterseele, die rechnerisch ordentliches Prozedere fordert. Und die verblüffend neue – von deren Existenz die Kathie erst seit gestern weiß und die ihr merkwürdig unangenehm ist. „Warum das Geld

• • •

nicht behalten?", flüstert die peinliche Stimme. Steht ihr kein Schmerzensgeld zu? Hat sie nicht Anspruch auf Entschädigung? Sie bräuchte den bestellten DVD-Player nicht zurückzuschicken und könnte sich zusätzlich jede Menge John-Wayne-Filme kaufen. Sie war noch nie richtig in Urlaub, früher zweimal mit den Eltern im Bayrischen Wald, einmal im Emsland, seither: nichts. Die Ulla fährt jeden Sommer mit dem Schwager nach Spanien. Die kann sich das leisten. Die Kathie will sich auch mal einen Urlaub leisten können. Aber Brunos Chef? Wie soll der arme Kerl den Verlust verbuchen? Eine Heidenarbeit, alles läuft aus dem Ruder. Rechnungen bleiben offen. Kein Vergnügen ist das. Aber ist es vielleicht ein Vergnügen, auf dem Arbeitsamt herumzusitzen? Neben den ganzen Faulenzern? Sie ist Buchhalterin, sie kann gut rechnen und Zahlen zusammenzählen. Und was kann das Pack, das dort herumlungert? Nichts wahrscheinlich, so sieht's doch aus.

Das Geld ist schmutzig. Die Kathie schaut es sich genauer an. Schmutzig, dreckig. Der Bruno ist in schlechte Gesellschaft geraten. Der Mario ist schuld und die mit dem Ledermini. Verführt haben die beiden den Bruno. Das würde denen recht geschehen, wenn das Geld verschwunden wäre. Fort, weg und niemand weiß wohin. Nur die Kathie, ätsch! Einen Denkzettel haben die verdient, der Mario und die kichernde Kleine mit ihrem Ledermini. Der Bruno ist nicht so, der hat aus reiner Gutmütigkeit mitgemacht. Soll sie die beiden zappeln lassen? Welch ein Triumph: Zappeln lassen und eine Woche später das Geld wieder hinlegen, bei Bruno mitten auf den Tisch. Und der wird es an seinen Chef weitergeben, da ist sie sich ganz sicher. Aber der DVD-Player? Die Reise? Ach, die Reise ist ihr doch ganz egal: *Bleib im Lande und nähr dich redlich.* Der Bruno ist ihr wichtiger. Den Bruno retten vor dieser Drecksbande. Nur das ist der Kathie wichtig.

Sie ist ihm fürchterlich auf die Nerven gefallen mit ihren zwei Speiseröhren. Sie hat ihm ununterbrochen ins Ohr gelabert. Bruno kann schwatzhafte Frauen nicht ertragen, das hat er ihr mehrmals gesagt. Sie wird sich entschuldigen, dann wird alles wieder gut. Früher Geschwätzigkeit in Person, wird sie sich von nun an um vornehmes Schweigen bemühen. Die wenigen Worte, die wichtigen, die in Dreiteufelsnamen gesagt werden müssen, haben ab jetzt in gemessener und knapper Sprache zu erfolgen. Kein Wort zu viel, um den armen Bruno nicht zu ermüden. Die Kathie denkt an seine dösigen grauen Augen, die schläfrig und glasig in den Höhlen liegen. Einen harten und anstrengenden Job hat er da erwischt. Und sie doofe Nuss quatscht ihn voll.

Mit einem Sprichwort, einem kleinen einfachen Satz nur, lässt sich doch alles sagen. Große und komplizierte Gedanken, schwer in Worte zu fassen, lassen sich auf einfache Weise ausdrücken: *In der Kürze liegt die Würze.* Deshalb liebt die Kathie Sprichwörter, auch der Vater liebt sie und die Mutter. Die Kathie hat die Sprichwörter sozusagen mit der Muttermilch eingesogen. Für fast jede Situation, für jedes Problem hat die Familie eine Redensart auf Lager. Die vier Köpfe sind eine einzige große, unerschöpfliche Vorratskammer für Phrasen aller Art. Warum viel reden? *Stille Wasser sind tief.*

• • •

„Du bist 'ne Marke", hatte der Bruno zu ihr gesagt und „Ich mag Frauen, die sich was trauen." Die Kathie hat sich jedes einzelne Wort gemerkt. Jedes seiner Worte hat seinen Platz irgendwo in ihren Gehirngängen gefunden, liegt dort wie in einer Schatztruhe, fest verschlossen. Aber nicht fest genug, um die Worte nicht jederzeit bei Bedarf hervorzuholen und klingen zu lassen. Die Kathie, sonst zu weniger guten Gedächtnisleistungen, Ausnahme: Zahlen, fähig, erinnert sich mustergültig an alle diese Worte und Sätze. Sie spricht sie laut vor sich hin und stellt sich dabei Bruno vor, wie er vor der Tür des GLÜCKSPRINZEN steht, wie er dasitzt, wie er sich bewegt, wie er geht und wie er mit der einen Hälfte seines Mundes lacht. Verzückt lauscht sie dem Klang der Worte und Sätze nach. Gleich darauf stellt sich das warme, wohlige Gefühl in ihrem Bauch ein, es strömt durch ihren Körper und lässt etwas in ihr wuchtig absinken wie beim schnellen Fahrstuhlfahren nach oben. Ihr Herz pocht wie toll und sie muss nach Atem ringen. Es ist ein lustiges Gefühl und schön obendrein. Und es gehört ganz alleine ihr. An diesem Tag probiert die Kathie es hunderte Male aus. Direkt zweimal hintereinander schafft sie es nicht. Man muss ein bisschen warten. Absichtlich baut sie Verzögerungen ein. Wenn ich diese Zeitschrift durchgeblättert habe, sagt sie sich etwa, will ich es wieder versuchen. Und richtig, es gelingt. Sie übt, trainiert regelrecht und irgendwann schafft sie es, das Gefühl bei Bedarf abzurufen, wegzuschieben, hervorzulocken, wieder abzustellen, auf später zu vertrösten, aus sich herausstürzen zu lassen, abzublocken und sich auf das Wiederkommen zu freuen – ein unterhaltsamer Zeitvertreib. Die Kathie trainiert die Spielregeln, sie wird Herrin über das Gefühl, sie lernt es zu lieben und zu bezwingen. Selbst Schmerzen lassen sich dabei besser ertragen. Und so vergeht der Tag den Umständen entsprechend angenehm.

Bis in den späten Abend hinein liegt die Kathie auf dem Sofa und liest in Ullas Zeitschriften. Sie liebt diese bunten Blättchen mit den reizenden Geschichten über Stars und Könige. Alle haben viele schöne Kinder. Ob der Bruno auch Kinder mag? Aber am allerliebsten liest sie im Kummerkasten. Andere Frauen haben auch Probleme, das freut die Kathie unbändig. Was da alles dem „Lieben Kummerkastenteam" anvertraut wird, fasziniert sie:

„Ich bin schwanger und möchte gerne wissen, ob das wieder weg geht, wenn man so bläuliche Streifen am Bauch hat. Außerdem habe ich eine große Oberweite und Angst, dass die Streifen dann auch auf den Busen kommen, wenn der sich immer weiter dehnt. Irgendwie hab ich mich in letzter Zeit total verändert, ich bin manchmal von einem auf den anderen Moment traurig und weiß nicht warum. Ich habe keine Freunde und bin immer allein, ich hätte gerne eine beste Freundin, die wie eine Schwester für mich ist, der ich alles anvertrauen kann, aber niemand kann mich leiden. Ich trinke zu viel Alkohol und streite es ab, wenn man mich darauf anspricht. Ich glaube, ich habe Aggressionsstörungen oder so etwas in der Art. Wenn man mich kritisiert, flippe ich sofort aus. In der Straßenbahn sehe ich jeden Morgen einen jungen Mann. Ich habe den Eindruck,

dass er etwas von mir will. Kann ich ihn direkt anspre-
chen oder ist ihm das vielleicht peinlich? Abgeneigt
wäre ich nämlich nicht. Mein Mann schaut immer ande-
ren Frauen hinterher, vor allem wenn sie sehr jung und
schlank sind. Ich bin durch meine drei Kinder leider ein
bisschen füllig geworden. Außerdem mag er blonde
Frauen und ich bin braunhaarig. Ob ich mir die Haare
färben soll? Mein Mann hat sich nach fünf Jahren von
mir getrennt, weil er nichts mehr für mich empfindet
und mich nicht mehr liebt. Er hat eine neue Freundin. Er
hat mir gesagt, dass ich mir überhaupt keine Hoffnun-
gen mehr machen soll, denn er kommt nicht mehr zu-
rück. Ich liebe ihn über alles und hoffe trotzdem, dass er
nach einer Weile wieder zu mir findet. Die andere passt
doch überhaupt nicht zu ihm. Was soll ich tun? Kann ich
noch hoffen? Können seine Gefühle für mich sich wieder
ändern oder kommen Gefühle nicht mehr zurück? Bitte
helfen Sie mir, sonst bringe ich mich um ..."

Mit Wonne und großem Behagen liest sich die Kathie mühelos durch diese geisterhaften Briefe. Das
Leben ist schwer, Schwierigkeiten auf Schwierigkeiten,
nichts gelingt, die Männer sind alle gleich. Visionen,
Trug- und Schattenbilder entstehen vor ihr, während
sie mit dem Strohhalm an ihrem Salbeitee nuckelt und
sie erfreut sich gleichermaßen an den traurigen Schick-
salen wie an den bleichfarbenen Antworten:

„Cremen Sie sich regelmäßig mit einer guten Bodylo-
tion ein, so lassen sich Schwangerschaftsstreifen ver-
hindern. Es kommt nicht auf die Anzahl von Freunden
an, sondern darauf, ob es gute Freunde sind. Treten Sie

● ● ●

117

einem Verein bei, gehen Sie auf andere zu, seien Sie offen. Stimmungsschwankungen hat jeder Mensch. Denken Sie nicht zu viel darüber nach, sondern knüpfen sie neue Kontakte. Denken Sie stets positiv. Alkohol ist keine Lösung; er vergrößert Ihre Probleme. Was hat Sie so verändert? Warum reagieren Sie aggressiv? Darüber müssen Sie sich klar werden. Wenn Sie es alleine nicht schaffen, scheuen Sie sich nicht, einen Therapeuten aufzusuchen. Wenn Sie das Gefühl haben, dass der junge Mann etwas von Ihnen will und selbst auch nicht abgeneigt sind, fragen Sie ihn doch einfach, ob er mit Ihnen einen Kaffee trinken mag, ins Kino gehen, ins Restaurant oder was auch immer. Verabreden Sie sich und überlassen Sie nichts dem Zufall. Bei passender Gelegenheit, wenn Sie sich zum Beispiel bei einem Glas Mineralwasser zum ersten Mal tief in die Augen schauen, können Sie ihn durchaus auch auf seine Gefühle ansprechen. Warum färben Sie sich nicht die Haare und nehmen den Kampf mit ihren Pfunden auf? Bedenken Sie: schön und schlank zu sein, macht nicht nur Ihrem Mann Freude, sondern trägt auch zu Ihrem eigenen Wohlbefinden bei. Es gibt heute viele Schlankheitsdiäten, die gesund und lecker zugleich sind, bestimmt ist auch etwas für Sie dabei. Lassen Sie sich in Ihrer Apotheke beraten. Wenn Ihr Mann Sie genau so bewundernd anschaut wie früher, wird sich die Mühe gelohnt haben. Fünf gemeinsam verlebte Jahre sind eine lange Zeit und es fällt natürlich schwer, mit so einer Beziehung abzuschließen. Zwar hat Ihnen Ihr Mann gesagt, dass er nichts mehr für Sie empfindet. Aber – auch wenn er bereits wieder neu gebunden ist – werden wohl *auch an ihm fünf Ehejahre nicht spurlos vorübergegangen sein. Sicher erinnert auch er sich gerne an die gemeinsamen schönen Stunden. Wenn Sie den Schlussstrich unter dieser Beziehung nicht ziehen und eine einseitige Entscheidung, die über ihren Kopf hinweg getroffen wurde, nicht akzeptieren wollen, kann ich Ihnen nur den Rat geben, um Ihren Mann zu kämpfen. Seien Sie klug, spielen Sie Ihre Trümpfe aus. Sie allein wissen am besten, was Ihrem Mann gefällt. Spielen Sie ruhig ein bisschen mit dem Feuer, lassen Sie sich zum Beispiel in seiner Gegenwart mit einem gutaussehenden Mann sehen. Versuchen Sie, ihn eifersüchtig zu machen. Sie haben nichts zu verlieren ..."*

Versuchen Sie, ihn eifersüchtig zu machen? Spielen Sie ein bisschen mit dem Feuer? Sie haben nichts zu verlieren? Das lässt die Kathie aufhorchen. Treffender gesagt: Es reißt sie fast vom Sofa. Der Gedanke setzt sich fest und lässt sich nicht mehr abschütteln. Sie hätte selber darauf kommen können. Eine einfache, aber geniale Idee. Hektisch saugt sie an ihrem Strohhalm und lässt sich hineinreißen in eine kunterbunte Gedankenwelt. Am liebsten möchte sie aufspringen und hineilen zu Bruno, um ihn eifersüchtig zu machen. Sofort und auf der Stelle möchte sie mit dem Feuer spielen. Aber halt, man muss die Gedanken ordnen, langsam und systematisch vorgehen, alles genau vorbereiten und planen. Auch *Rom wurde nicht an einem Tag erbaut*. Strotzend vor Zufriedenheit aalt sich die Kathie auf dem Sofa – ganz vorsichtig, denn jede noch so kleine Erschütterung treibt den Schmerz wellenförmig zu ihrem Kopf, teilt sich den Kieferknochen und ganz be-

• • •

sonders heftig der Nase mit – und gibt sich wohligen Phantasien hin:

Als schick gekleidete Dame von Welt mit mondänem und deutlich schlankerem Äußeren betritt die Kathie in Begleitung eines gut aussehenden Mannes den GLÜCKS-PRINZEN. Der Mann hält ihr galant die Tür auf, hilft ihr aus dem Mantel aus edlem Tuch und begleitet sie mit höflichem Lächeln zu einem freien Automatenplatz. Die Kathie begrüßt den Bruno mit einem kurzen gleichgültigen Kopfnicken, wie einen x-beliebigen Bediensteten oder Kellner. Den übrigen Gestalten im Raum schenken weder sie noch ihr Begleiter besondere Aufmerksamkeit. Nachdem der gutaussehende Mann sich versichert hat, dass die Kathie bequem sitzt, begibt er sich gelassenen Schrittes zum Schalter, zieht weltmännisch einen größeren Geldschein aus seiner rindsledernen Brieftasche und hält ihn dem Bruno vor die Nase, wobei er mit dem Schein auffordernd wedelt. Obwohl der Gutaussehende kein Wort verliert, kommt Bruno dem Wunsch nach Wechselgeld pflichteifrig nach. Dabei schaut er, bereits mit einem leichten Anflug von Eifersucht, nervös zwischen ihr und dem fremden Schönling hin und her. „Was mag meine Kathie wohl mit diesem feinen Herrn zu tun haben?", grübelt er und schon tut es ihm tüchtig leid, wie schlecht er die Kathie behandelt hat. „Wäre ich nicht so grob gewesen", denkt er bekümmert, „würde sie jetzt mit *mir* scherzen und schäkern". Denn jetzt lacht die Kathie ihren Begleiter mit blitzenden Zähnchen musikalisch an. Glockenhelle Kicherlaute gibt sie von sich, während der Kavalier ihr Geldstück um Geldstück in das niedliche Patschhändchen drückt,

• • •

ja ihr sogar die schwere Arbeit des Münzeneinwerfens erleichtert, indem er, ihre Hand liebevoll drückend, diese mit seiner eigenen Hand bis hoch zum Einwurfschlitz führt. Die Kathie quittiert diese Höflichkeiten mit zärtlich-gurrenden Geräuschen. Ganz leise und vertraulich flüstern die beiden miteinander, aber der Bruno spitzt seine Ohren messerscharf an und kann alles hören. Schon nähert er sich unheilschwanger mit einer Tasse Kaffee, sein Gesicht ist düster. Gerade als er den Kaffee abstellen will, fasst der schöne, fremde Mann die dezent gickernde und quiekende Kathie um die Taille. Das ist zu viel. Die Kaffeetasse zerspringt auf dem Boden in tausend Stücke. Der Bruno packt die Kathie am Arm und will sie wegreißen vom Rivalen. Doch der attraktive Herr stellt sich vor die Kathie und sagt mit fester Stimme: „Die Dame steht unter meinem Schutz". Jetzt brodelt es heftig in Bruno, man kann es deutlich sehen, er steht kurz vor dem Ausbruch, denn er ist ein Mann wie ein Vulkan. Und doch weiß er, sich zu beherrschen. Mit einer leichten Bewegung seines rechten Armes fegt er den Widersacher zur Seite und reißt die Kathie in seine Arme. Der gutaussehende Waschlappen verlässt fluchtartig den GLÜCKSPRINZEN und eilt dahin. Der Bruno droht wütend mit der Faust hinter ihm her, dann wendet er sich seiner geliebten Kathie zu. Unter Tränen bittet er um Vergebung, auf Knien schwört er ihr ewige Treue. Noch gibt die Kathie sich spröde und unnahbar. Doch bald erliegt sie seinen zärtlichen Versprechungen und die beiden fallen einander in die Arme und küssen sich voller Leidenschaft, bis alle Gäste des GLÜCKSPRINZEN sich um die Liebenden

• • •

versammeln, laut Beifall klatschen und „Zugabe, Zugabe" rufen. Und dann schleichen alle mit dem bitteren Gefühl von dannen, dass ihnen selbst ein solches Glück niemals würde beschieden sein.

So oder so ähnlich hat die Kathie es schon in Filmen gesehen und es hat sie jedes Mal heftig geschüttelt vor lauter Rührung. Auch jetzt schluchzt sie wieder vor Ergriffenheit. Denn sie weiß, dass es klappen wird. Es *muss* einfach klappen; sie wünscht es sich so sehr wie nichts sonst auf der ganzen weiten Welt. Doch im Moment ist die Kathie vom vielen Pläneschmieden so erschöpft, dass sie einschläft und keine Zeit hat, darüber nachzudenken, woher der gut aussehende Mann zum Eifersüchtig-Machen wohl zu nehmen wäre.

Die Ulla hat Probleme. Ihr Chef hat sie zum Essen eingeladen. In das neue Sushi-Restaurant, das in den *Quadraten* eröffnet hat. Wie soll sie es ihrem Mann sagen, der ist rasend eifersüchtig. Und wirklich – diesmal ist es kein Geschäftsessen mit Kunden wie sonst. Diesmal ist es eine rein private Angelegenheit. Diesmal wird es zum Äußersten kommen. Es lässt sich nicht länger vertuschen und verheimlichen: Der Chef ist unglücklich verheiratet, er braucht jemanden zum Reden. Na gut, auch ein paar Streicheleinheiten vielleicht. Sie selbst ist nicht die glücklichste aller Ehefrauen. An Scheidung denkt sie nicht. Ist sie vielleicht dumm? Bei ihrem Mann weiß sie, woran sie ist. Der Chef ist auch nicht viel besser. Das hat die Ulla inzwischen erkannt. Andere Frauen denken ja gerne: *Neue Besen kehren gut*. Aber die Ulla ist schlauer. Trotzdem: einmal muss es halt doch sein. Schon zweimal hat sie ihn vertröstet, sie kann sich nicht ewig davor drücken. Außerdem schmeichelt es ihr. Ein kleines diskretes Hotel. Nicht die ganze Nacht, damit es nicht auffällt. Er schenkt ihr immer Blumen und Mon Chéri. Er ist aufmerksam. *Ein Mal ist kein Mal*. Aber wie soll sie es anstellen? Ihr Mann ist misstrauisch. Wenn er ihr hinterherspioniert? Lügen kann sie gut. Aber sie braucht eine solide Geschichte, auf der sie aufbauen kann. Damit sie sich nicht verbabbelt, wenn er Einzelheiten wissen will. Also hat sie sich japanische Geschäftspartner ausgedacht. Sie als Chefsekretärin muss mit, weil der Chef kein Englisch kann – die Sache ist doch eigentlich ziemlich logisch. Und wenn der Gatte etwa meinen sollte, mit einem ausführlichen Geschäftsessen sei es getan, dann irrt er

• • •

sich aber gewaltig. Japaner erwarten eine Rundum-betreuung mit allerlei Events. Am liebsten gehen sie nach dem Essen noch zum Karaoke. Jawohl, Japaner lieben das Singen und genieren sich nicht dabei. „Warum zeigt ihr denen nicht mal was typisch Deutsches? Ein pfälzisches Lokal mit Saumage, Grumbeersalat, Worscht und Woi?", wird ihr Mann wissen wollen. Japan ist ein langes, schmales Land und liegt mitten im Wasser, links das Japanische Meer, rechts der Pazifik. Die Ulla hat extra im Atlas nachgeschaut. Also lieben die Japaner Fisch, möglichst roh. Das sind die so gewöhnt. Deshalb ist es höflich, sie in Sushi-Restaurants einzuladen. „Aber beim Oktoberfest hängen die doch auch rum", wird er nörgeln. „Ja, die japanischen Billig-touristen! Das hier sind aber seriöse Geschäftsleute, es geht um wichtige Verträge, die essen nur Fisch. Sushi ist roher Fisch mit Reis." „Igitt, roh", wird er sich ekeln und sich schütteln wie ein räudiger Hund. „Und was isst du?"

Er wird sie ausfragen und quälen: „Wie viele Leute waren dabei? Wer hat was gegessen? Was hat es gekostet? Wurde viel getrunken? Über was wurde geredet? Wann habt ihr das Lokal verlassen? Hat der feiste Wicht dich nach Hause gefahren?" Sie muss auf alles gefasst sein. Vorbereitung ist wichtig. Die Ulla ist ein fleißiges Mädchen. Schon in der Schule war das so. Interessant war die Schule nicht. Aber sie hat immer alles auswendig gelernt. Manchmal war sie bis Mitternacht über ihren Büchern gesessen. Bis sie den Stoff herunterbeten konnte. Mitten in der Nacht hätte man sie aufwecken können, sie hätte alle afrikanischen

• • •

Hauptstädte frei dahergesagt. Oder was sonst gerade verlangt wurde.

Mit den Sushi fängt sie an. In der Bücherei im *Stadthaus* hat sie zwei Bücher darüber gefunden und – kaum zu Hause angekommen – verschlungen. Extra dafür hat sie sich in Unkosten gestürzt und ein kariertes Schulheft gekauft, da hinein schreibt sie alles, was ihr wichtig vorkommt. Dann lernt sie das ganze Heft auswendig.

Japan: bedeutende Fischfang-Nation, Reisanbau. Was liegt näher, als beide Elemente zusammenzubringen? Also haben die Japaner die kleinen Päckchen und Häppchen mit Fisch und Reis erfunden. Die Päckchen sind in Seetang verpackt. Der Seetang heißt Nori. Der Reis ist mit Essig vermischt. Vorteil: haltbar, leicht verdaulich. Der Reis ist kalt. Der Fisch ist roh. Die Häppchen und Päckchen schmecken so gut, dass sie immer gleich weg sind. Der Fisch muss ganz frisch sein, damit man keinen Durchfall bekommt. Durchfall ist bei Japanern verpönt. Es lassen sich unterscheiden: Nigiri-Sushi und Maki-Sushi. Sushi sind eine vollständige Mahlzeit. Gegessen wird mit Stäbchen. Es ist sehr unhöflich, mit seinem Stäbchen auf fremde Japaner zu zeigen. Man nimmt ein Stück Sushi und tunkt es in die Soja-Sauce. Nicht zu lange, sonst saugt sich der Reis voll und das Gebilde fällt auseinander. Das finden Japaner unappetitlich. Aufpassen heißt also die Devise. Dann steckt man das Stück schnell in den Mund. Abbeißen ist unfein. Deshalb müssen die Sushi die richtige Größe haben. Schlecht ist, wenn sie zu groß geraten sind, man den Mund weit wie ein Scheunentor aufreißen muss

● ● ●

und fast die Maulsperre kriegt. Dann halten die Japaner dich für unkultiviert. Gemüse muss immer gefällig geschnitten und geschnitzt sein. Ein langer Diagonalschnitt heißt *sogi giri*, Viertelkreise: *icho giri* und Würfel: *sainomo giri*. Zum Essen trinkt man grünen Tee oder Sake. Auch ein Glas Bier oder Wein ist durchaus erlaubt. Da ist der Japaner tolerant. Sake ist Wein aus fermentiertem Reis und Malz. Dem wichtigsten Gast schenkt man zuerst ein, dem unwichtigsten zum Schluss. Es missfällt Japanern sehr, wenn man sich selbst nachgießt, man muss warten, bis der Tischnachbar entscheidet, ob du eine wichtige oder unwichtige Persönlichkeit bist. Sushi sind kalorienarm und eiweißreich. Vorher wird gerne eine Miso-Suppe genommen. Die ungesättigten Fettsäuren im Fisch beugen Schlaganfällen vor.

Eine Person, die sich mit einer Sache ganz besonders gut auskennt, heißt in Japan Tsu. Und so wird die Ulla jetzt nach und nach zu einem Sushi-Tsu, zu einer Fachfrau in Sachen Sushi. Ihr Mann isst am liebsten *Lewwerknepp*, der will von Sushi nichts wissen. Aber sie wird ihm haargenau erzählen, wie der Restaurant-Besuch mit den Japanern abgelaufen ist. Sie wird ihn mit ihrem neu erworbenen Wissen zuquatschen. Japaner pflegen bis in die Puppen zu essen und zu verhandeln, anschließend fröhlich zu singen. Sie wird sehr spät und sehr müde nach Hause kommen. Leicht gereizt außerdem. „Puh, diese Japaner!", wird sie sagen. Andere Frauen haben es besser, die haben einen Ehemann, der genug verdient. Die müssen sich nicht die Nächte um die Ohren schlagen und übersetzen. Die müssen keinen ekligen rohen Fisch essen. Die haben zuverlässige Männer. Nicht so einen ehemaligen Bäcker, wie sie einen hat. Einen mit Bäckerasthma, der auf Altenpflege umgeschult hat und vor den faltigen Hintern in einen Finanzberatungsfernkurs geflohen ist. Versager, der! Das wird ihm den Wind aus den Segeln nehmen. Seinen Mund wird er halten und ihr keine Szene machen. Wo sie doch das meiste Geld nach Hause bringt. Wen berät er denn schon groß, dieser Fachberater für Finanzdienstleistungen? Dieser selbst ernannte Investment Advisor? Alte Rentnerinnen legt er rein. Beschwatzt sie, ihre Sparbücher aufzulösen und Anteile an Investmentfonds zu kaufen. Ständig wird ihm Beratungsverschulden vorgeworfen, weil er daherschwafelt wie verblödet und nichts richtig erklären kann. Mit einem Fuß steht er dauernd im Kittchen.

Die Ulla knallt das japanische Sushi-Kochbuch in die Ecke und erhebt sich schwerfällig. Wie ein Schaf auf dem Weg zur Schlachtbank betritt sie das Badezimmer und macht sich wütend zurecht. Das kleine Schwarze hängt schon bereit. Hochhackige Schuhe müssen sein. Großes Abend-Make-up, die Lippen liegen grellrot im Gesicht. *„Mitgefangen, mitgehangen"*, sagt die Ulla zu ihrem aschfahlen Spiegelbild. Warum sie das sagt, kann sie sich selbst nicht erklären.

Als es an der Wohnungstür läutet, fährt die Kathie furchtbar zusammen. „Bruno", denkt sie sofort, dann: „Er mag mich!" „Moment", schreit sie durch die verschlossene Tür, rennt fahrig hierhin und dorthin und schüttelt ein Sofakissen zurecht. „Ich sehe furchtbar aus", ärgert sie sich und fährt sich mit einer Bürste durchs Haar. Hoffnungslos, jetzt noch etwas retten zu wollen. Und zu allem Überfluss brennt und leuchtet ihre Nase wie glühende Lava. Die Kathie fasst sich an den Hals, wo sie es wummern hört und öffnet zögerlich. Im Türrahmen lungert der Schwager, fast fällt er herein. „Duuu?", quengelt die Kathie enttäuscht.

„Deine Schwester, das Dreckstück", keucht er mit narbiger Stimme und hält ihr zwei Flaschen Rotwein unter die Nase. „Hab ich dir mitgebracht, Tankstelle." „Habt ihr euch gezankt?" fragt die Kathie heuchlerisch und freut sich. Der Schwager ist schwer betrunken, das gönnt sie der Ulla. Bei der ist auch nicht alles Gold, was glänzt. Ein paar Probleme tun der auch mal ganz gut. „Setz dich doch aufs Sofa", lädt sie den Schwager ein, „und erzähl mir alles!" Der kann kaum noch aufrecht stehen, sie stützt ihn. „Du bist die einzige anständige Frau in der ganzen Familie", nuschelt er in ihr Ohr. Sie macht die beiden Flaschen auf und stellt sie auf den Couchtisch. Es ist ein Abend, an dem man keine Gläser braucht, das hat die Kathie verstanden. „Morgen hol ich dir eine neue Katze aus dem Tierheim", lallt er und sie stoßen die großen Flaschen klackernd aneinander. Der Schwager trinkt durstig und lässt dann seinen Kopf nach hinten auf die Lehne fallen. „Diese Natter", brabbelt er, „hab ich mir's doch gedacht."

• • •

Unten vorm Haus hat er ihnen aufgelauert. Der Fette hat sie mit seinem Mercedes abgeholt. Die beiden sind ganz alleine losgefahren. Hat er's doch geahnt: Kein Schlitzauge weit und breit. Alles erstunken und erlogen. Er also mit dem Auto hinterher. In der Innenstadt hat er sie aus den Augen verloren. Aber er weiß ja, wo das Sushi-Restaurant ist. Zuerst hat er gemeint, auch das ist Schwindel, aber dann sind sie doch gekommen und rein. Er draußen vor den großen Fenstern. Alles hat er gesehen. Wie der Typ dauernd ihre Hand getätschelt hat. Dann haben sie das widerliche Zeugs gefressen. Nur vom Zuschauen hätte er beinahe gekotzt. Wie sie den Drecksack angestrahlt hat! Zwischendurch ist er weg, eine Flasche holen an der Tankstelle. Schnaps hat er getrunken und dabei ins Lokal gestarrt. Nicht mit ihm, das wird sie büßen. Irgendwann ist so ein gelber Kerl von Kellner rausgekommen und hat ihn mit einem Lächeln vom Fenster weggeschickt. Gerade hat er noch gesehen, wie sie ihrem Chef Sushi in den Mund schiebt. Und wie der vor Vergnügen mit dem Kopf wackelt, dass sein Doppelkinn nur so fliegt und ihr ebenfalls das Drecksszeugs anbietet. Sie macht den Mund auf und er zieht das Stäbchen wieder weg und dann wieder hin damit und wieder weg. Eine ganze Weile geht das so hin und her. Ihn drängt es ganz dicht zum Fenster hin. Fast berührt er die Scheibe mit der Stirn. Jetzt hat sie Sushi im Mund. Ihr Chef wischt ihr mit einer Serviette drüber. Eine Sauerei. Der Gelbe zieht ihn am Arm vom Fenster weg und droht mit den Bullen. Aber er kann sowieso nicht mehr hinschauen, es macht ihn fertig, also zurück zur Tankstelle und zwei

* * *

Flaschen Rotwein gekauft, für sich und die Kathie. Die einzige anständige Frau, die er kennt.

Das Mensch wird sich krank ärgern, wenn er und die Kathie ...! Die wird platzen vor Zorn, wenn die Kathie mit ihm ...! Er wird ihr alles genüsslich berichten. „DUUU und ...?", wird sie heulen. „Diese fette, kleine Schnepfe? Meine eigene Schwester! Mein eigener Mann! Wie die aussieht. Warum tust du mir das an?" Und er wird laut lachen und Einzelheiten beschreiben, bis sie grün wird vor Ekel und „Sei still, sei doch endlich still", kreischt.

Die Kathie lässt sich dieses und jenes gefallen. Keine Zeit bleibt, sich zu wundern, was sie sich hier eigentlich alles gefallen lässt und warum. Sie denkt an die Ulla, die selbst daran schuld ist. Obwohl – ganz richtig findet sie das nicht, was der Schwager hier tut, auch wenn er sich über die Schwester geärgert hat. Himmelherrgott, noch nie hat die Kathie einen Freund gehabt und jetzt sind gleich zwei Männer hinter ihr her wie die Geier. Das ist ein Gefühl, das die Kathie in manische Stimmung versetzt. Deshalb kommt sie gar nicht auf den Gedanken, sich zu wundern, was sie sich hier eigentlich alles gefallen lässt.

Der Schwager liegt bleischwer auf ihr und riecht nach Schnaps und Rotwein. Sie denkt an den Bruno und an die neue Katze. Auch wenn sie nicht blond und schlank ist, der Schwager kommt doch zu ihr. Sie ist eine anständige Frau, das hat er gemerkt. Sie hat ein goldenes Herz. Bei ihr fühlt er sich geborgen. Zu Hause gibt's nur Zank und Streit. Er hat sich zu ihr geflüchtet.

• • •

Sie versteht die Männer. Das hat die Ulla jetzt davon. So behandelt man keinen Mann. Das, wenn die Ulla wüsste! Ob sie's ihr erzählen soll? Vielleicht besser nicht. Die Ulla hat scharfe Krallen. Sie wird ihr damit ins Gesicht fahren. Der Schwager war immer freundlich zu ihr. Aber darf sie der eigenen Schwester den Mann abspenstig machen?

Es ist ein Ringen und Schieben, ein Rangeln und Balgen, was sich da auf Kathies Sofa abspielt, ein heilloses Gewurschtel. Es kostet allerhand Kraft, den wohlgenährten Schwager von sich wegzudrücken. Mit der Sturheit des Betrunkenen beharrt er auf seinem Vorhaben. Immer, wenn die Kraft die Kathie verlässt, fällt er schwer wie ein Baumstamm auf sie hinunter und lallt ihr unverständliche Sachen ins Ohr. Das kitzelt so, dass die Kathie dauernd grell kichern und schrill aufschreien muss. Von Zeit zu Zeit kann sie aus dem Gebrabbel das Wort *Ulla* deutlich heraushören. Schon hämmern die Nachbarn mit Fäusten gegen die Wand. „Ruhe!", schreit der Schwager. Sie wird mit ihm reden müssen, wenn er wieder bei sich ist. „Ein kleines Geheimnis", wird sie sagen. „Nicht wahr, das bleibt doch unter uns?"

Aber schade doch, wirklich jammerschade! Gönnen würde sie es der Schwester. Schluck für Schluck trinkt die Kathie ihre Rotweinflasche leer. Eine Schande, dass der Mann bei der eigenen Schwägerin Trost suchen muss. Große Lust hat die Kathie, ihrer Schwester die ganze Sache unter die Nase zu reiben. *Hochmut kommt vor dem Fall.* Aber *noch ist nicht aller Tage Abend.* Und

• • •

weil der Schwager auf dem Sofa einschläft und die Kathie die Flasche immer wieder an den Mund setzt und sie mehr und mehr in einen Zustand gerät, wo sie reden will, aber nicht kann, weil niemand da ist, der ihr zuhört, schleicht sie, sich vorsichtig nach Sofa und Schwager umschauend, auf leisen Pfoten zum Telefon, wählt Ullas Nummer und vertraut das kleine Geheimnis und alles, was sie seit Tagen mit sich herumschleppt, prahlerisch und in bunten Farben Ullas Anrufbeantworter an.

• • •

DONNERSTAG. Die Ulla verbringt eine halbe Stunde im dunklen Treppenhaus, Bruno gerät in Schwierigkeiten, Mario wird wütend, pikst die Kathie mit dem Brotmesser und ein Sanitäter schreit: „Volumen, Volumen".

Die Ulla steht vor ihrer eigenen Wohnungstür wie eine Fremde. Längst liegt das Treppenhaus wieder im Dunkeln. Den Lichtschalter weiß sie direkt neben sich. Nur eine Armlänge ist zu überbrücken. „Heb den Arm, streck den Zeigefinger, drück auf den Schalter, steck den Schlüssel ins Schloss, schließ die Tür auf!" Das Gehirn bemüht sich, die Kommandos leicht verständlich zu formulieren. Aber schon der Arm, der erste in der Reihe, der sich aufraffen und aktiv werden soll, kann sich nicht entschließen, seine Aufgabe auszuführen. Helles Licht kann die Ulla jetzt am allerwenigsten ertragen. Der Arm scheint das zu wissen; der Befehl wird verweigert.

Aber selbst das ist dem Arm nicht möglich: Im Dunkeln in die Handtasche zu greifen, nach dem Schüssel zu tasten. Für rein gar nichts ist der Arm heute Nacht zu gebrauchen. Alle Kraft ist aus der Ulla verschwunden. Dito ihre sonst von allen so bewunderte, nie versiegende Energie. Also bleibt es dunkel. Ganz still steht sie da und wartet. Mein Gott, ihr Herz ist kurz vor dem Zerspringen. Nach dem Hotel hat der Chef hat sie heimgefahren. Erst hat sie abgelehnt. Er ist beharrlich geblieben: Als Kavalier der alten Schule habe er Kenntnis davon, was man einer Dame schuldig sei. Allein für diesen Satz, in lässigem Ton an die Dame hinge-

• • •

plappert, ohne sie dabei anzuschauen, hätte sie ihn ohrfeigen sollen. Rechts und links hätte sie ihm gern auf die Backen gehauen. Wäre er nicht der Chef gewesen. Durchgesetzt hat sie immerhin, an der Straßenecke auszusteigen zu dürfen. Bitte nicht direkt vor dem Haus! Den Treppenaufstieg ins erste OG hat sie noch geschafft. Jetzt der nächste, der schwierigste Schritt: Aufschließen, die Wohnung betreten. Dann, endlich drinnen in der Wohnung, wäre unter Umständen dies möglich: Im Flur die hochhackigen Schuhe mit Schwung von sich schleudern. Dass sie an die Wand krachen. Mit müder, aber unbedingt sicherer Stimme ins Wohnzimmer hineinrufen: „Furchtbar, diese Japaner, die finden kein Ende. Was für ein Abend. Ich bin fix und alle."

Der da drinnen – die Ulla spricht sich selbst Mut zu – hängt ohnehin halb betäubt vor der Glotze, idealerweise schläft er schon; vor sich, auf dem neuen Couchtisch, das halb volle oder ganz leere Rotweinglas. Mit: „Jeden Abend dasselbe mit dir!" könnte sie ihn aus seinem Dösen herausmaulen. „Jeden Abend die Sauferei. Und unsereiner muss sich mit Japanern herumärgern, damit sicheres Geld ins Haus kommt. Andere Frauen müssen das nicht, die können gemütlich zu Hause bleiben." Sie könnte ihn zwingen, sich hochzuwuchten, in ihr Gesicht zu schauen: Die Ringe unter den Augen, er soll nur ganz genau hingucken, die hat sie nur, weil sie sich den ganzen Abend abgerackert hat. Synchron-Übersetzen, das ist nämlich eine Kunst. Vor allem, wenn die immer *bery* sagen, wenn sie *very* meinen. Das hat gedauert, bis sie das gerafft hat. Am Anfang hat sie nur Bahnhof verstanden, war total bestürzt

• • •

wegen dem dauernden *bery*. Lauter solche Sachen könnte sie dem da drin erzählen. Und unter allen Umständen immer wieder auf seine Person zurückkommen. Damit die Verschiedenheit zwischen ihr und ihm drastisch und nachdrücklich klar wird. Der Unterschied in der Arbeitsmoral zum Beispiel: „Und du, du sitzt faul und bequem hier rum. Mit Rotwein!" Sie selbst hat Sprudelwasser trinken müssen. Bei geschäftlichen Dingen darf die Konzentration nicht verloren gehen. Sei aufmerksam, bis die wichtigen Angelegenheiten erledigt sind. Arbeite beflissen, sei stets um Anerkennung und gutes Gelingen bemüht, bis die Bemühungen von Erfolg gekrönt sind. Erst als der Vertrag sicher unter Dach und Fach war, hat der Chef Schampus bestellt. *Knallwein* haben die Japaner das genannt. Davon hat sie dann ein kleines bisschen genippt. Dann der Unterschied im Sauberkeitsverhalten: Und jetzt darf sie auch noch das Gebrösel wegmachen, das der verwöhnte Herr mit Chips und Salzbrezeln veranstaltet hat. Weil er ein fauler Hund ist. Und die vielen Ränder vom Rotweinglas, in das er so und so oft nachgeschenkt hat, *wie* oft will sie gar nicht wissen, sie kann sich sowieso denken, dass es *zu* oft war. Und jedes Mal muss das Glas triefend und tropfend an einen anderen Platz gestellt werden, auf jedem einzelnen Fleckchen des neuen Couchtischs muss es wenigstens einmal gestanden haben, überall eben, nur nicht auf dem Untersetzer, der ausdrücklich dafür angeschafft worden ist. Weil er ein Schwein ist.

So könnte das Gespräch anfangen. Gegen Ende würde die Unterhaltung in ein wüstes Hin- und

• • •

Hergeschrei ausufern. Noch liegt alles in Ullas Hand. Das Schreien würde entspannen und ablenken. Anschließend könnte sie die Schlafzimmertür zuknallen wie ein Donnerschlag. Das Haus erbeben lassen vom Keller bis zur Satellitenschüssel. Sich im Nachbeben wutentbrannt aufs Bett schmeißen.

Gewissensbisse sind geeignet, das latent in der Ulla schlummernde schauspielerische Talent zu voller Pracht zu entfalten. Und wie leicht könnte sie ihr schlechtes Gewissen auf ihn abwälzen. Zum Schluss wäre *er* der Schuldige. Geradezu der ideale Zeitpunkt. Jetzt, wo er dabei ist, ein paar leichtgläubigen alten Knackern lukrative Geldanlagen aufzuschwatzen und 100 % Rendite im Monat zu versprechen. „Bist du wahnsinnig?", hat die Ulla vor zwei Tagen geschrien, „willst du mich ins Unglück stürzen? Ruf an und mach alles wieder rückgängig!" Sofort hat er die alten Idioten angerufen und alles rückgängig gemacht. Pausenlos verliebt in halsbrecherische finanzielle Abenteuer, hat er – da die Sachen immer mit einer Katastrophe enden – ohnehin ständig ein schlechtes Gewissen, da kommt es nicht mehr darauf an. Da kann sie ihm das ihre auch noch aufladen. Ein paar Minuten später, und er käme ins Schlafzimmer getapst, zu ihr an die Bettkante. Mit weinerlicher Stimme würde er selbstanklägerische Monologe führen. Das wäre immerhin eine verführerische Möglichkeit für die Ulla. Ein bisschen abscheulich vielleicht, aber nicht ohne Reiz.

Aber die Ulla kann nicht. Zwar hat sie ein schlechtes Gewissen, aber hauptsächlich ekelt sie sich zu Tode. Sie

• • •

ekelt sich so, dass sie hier draußen im Dunkeln steht und zittert und sich doch nicht hineintraut in die schützende Wohnung. Nichts auf der Welt will sie im Moment lieber tun als unter die Dusche zu schleichen und sich die klebrigen Drecksfinger von ihrem fetten Dreckschef abzuspülen. Abwaschen. Abrubbeln. Abscheuern. Das Wasser so heiß wie gerade noch erträglich. Mit seinen schmierigen Sushi-Fingern hat er sie angefasst. Kaum dass sie im Hotel waren. Nicht mal Zeit zum Händewaschen hat der sich genommen, dieser Kavalier der alten Schule. Am liebsten möchte die Ulla sich dem da drin in die Arme werfen und sich trösten und streicheln lassen. Auch wenn der nach Rotwein riecht und seine Aussprache nicht unter Kontrolle hat. Der hat's schließlich auch nicht immer leicht. Mitleid überkommt sie mit sich, auch ein kleines bisschen mit dem da drin. Seltsamerweise sehnt sie sich plötzlich danach, ihn fest an sich zu drücken und sich wiederdrücken zu lassen. Aber auf der Stelle würde er sofort alles wissen. Ohne größere Mühe ist ihr der Ekel am Gesicht abzulesen. Alles wäre leicht zu erraten. Widerliche Dinge hat ihr der Chef ins Ohr gesabbert: Dass er schon immer gewusst hat, wie wild sie hinter ihm her ist. Dass er schon seit Jahren ahnt, wie verrückt sie nach ihm ist. Und dass so ein gemütliches Tête-à-Tête regelmäßig wiederholt werden sollte. Preiswerter als angenommen findet er das Hotel. Vorher ins Restaurant gehen, das muss ja nicht sein. Beim ersten Mal sieht er den Spesenaufwand noch ein, aber jetzt, wo man sich einig ist … Alles wird der da drin ihr am Gesicht ablesen!

• • •

Der Gedanke an die Wiederholung des Tête-à-Tête lässt jedoch ein Stillstehen in der Dunkelheit nicht länger zu. Das brennende Gefühl kommt ungestüm vom Magen her, breitet sich Flammen werfend aus und bahnt sich seinen feurigen Weg durch die Speiseröhre nach oben. Von einem plötzlichen Schwindel gepeinigt, presst die Ulla die linke Hand vor den Mund und steckt mit der zitternden rechten den Schlüssel dreimal daneben, aber dann endlich doch ins Schloss.

Es ist vierzig Minuten nach Mitternacht.

Wie eine Katze, in der Stube eingesperrt, das wahre Leben nur ausschnittsweise und durch Fensterscheiben gedämpft und gefiltert in sich aufnimmt, so wenig artgerecht leben auch wir. Wenn uns der Wecker aus süßen Träumen reißt und uns zum Aufstehen zwingt, hadern wir mit unserem Schicksal. Nicht zum Arbeiten sind wir geschaffen, oh nein. Sondern wir möchten auf einer bunten Blumenwiese liegen, dem Wind nachlauschen und nach den Äpfeln greifen, die neben uns auf die Erde fallen. Wem dieser Umstand schmerzlich bewusst wird, ist Zeit seines Lebens ein unglücklicher Mensch. Wer es jedoch versteht, sich geschickt zu arrangieren, kann alles leichter ertragen. Praktische Lebenshilfen wie *Alles mit Maß und Ziel* oder *Arbeit adelt* wurden der Kathie schon frühzeitig mit auf den Weg gegeben. So kommt es, dass sie nur selten über die Stränge schlägt und ihr Leben so hinnimmt, wie es nun einmal ist.

Einer wie der Mario kennt weder Maß noch Ziel. Er ist jung und will leben. Leben heißt für ihn: Wenig arbeiten, trotzdem immer genug Kleingeld in der Tasche haben. Ein schwieriger Balanceakt, aber der Mario ist ein geschickter Bursche. Durch einen Bekannten ist er in den GLÜCKSPRINZEN vermittelt worden. Weil der Bruno rund um die Uhr hier arbeitet, bleiben für den Mario nur ein paar Stündchen in der Woche. Er verbringt sie mit Schwätzen, Geld wechseln, Geld zählen, Münzen einrollen. Dazu raucht er ägyptische Zigaretten, die sind stark und würzig. Weil der Bekannte ein guter Bekannter vom Chef ist, wird er weniger misstrauisch kontrolliert als der Bruno. Der Bruno ist doch eine Schlaftablet-

• • •

te! Der dackelt sich ab und denkt nicht daran, dem Glück ein bisschen nachzuhelfen. Mario hat ihn dazu beschwatzen und überreden müssen. Vier Augen sehen, vier Ohren hören mehr. Vier Hände können schneller etwas abzwacken und verschwinden lassen. Zwei Mündern glaubt man mehr als einem. *Eine Hand wäscht die andere.* Der Chef verdient ein Vermögen mit seinen Läden. Überall hat der seine Finger drin: Spielhallen, Absteigen, Bistros, Unternehmensberatung. Nach Mitternacht fährt er mit seinem dicken Wagen an, schaut nach dem Rechten und kassiert ab. Der Mario weiß sich geschickt in Szene zu setzen. Er lässt mal hier, mal da eine kleine Boshaftigkeit über den Bruno fallen. Er schmeichelt sich ein, trifft einen vertraulichen Ton, spielt die verantwortungsvolle Aushilfskraft. Ab und zu kann man ein Scheinchen in die eigene Tasche wandern lassen. Hier und da ist ein kleiner Handel im Hinterzimmer möglich. Und seine Idee mit dem Begleitservice: begnadet! Die Manuela muss noch bequatscht werden, aber dann ... Er ist erst am Anfang, irgendwann kommt er ganz groß raus. Er lässt sich nicht für dumm verkaufen. Ihn legt keiner rein. Noch braucht er den Bruno, aber irgendwie wird er ihn schon loswerden. Verachten tut er ihn jetzt schon. Alt ist der mit seinem Schmerbauch, sentimental, versoffen und ohne Lebensart. Der Mario dagegen hat Stil. Schon wie er dasitzt, die Zigarette lässig im Mundwinkel. Alle Fäden laufen bei ihm zusammen und das Geld rinnt ihm durch die Finger.

Der Bruno liegt auf dem Boden und krümmt sich vor Schmerzen. Zu viert prügeln und treten sie auf ihn ein. Die Manuela steht in einer Ecke und blättert wie abwesend in einer Frauenzeitschrift. Ihre Kinderlippen sind dunkelrot, fast schwarz geschminkt und verrucht verschmiert. Sie zittert wie Espenlaub. „Wo ist das Geld?", fragt der Chef und tritt dem wehrlosen Bruno in die Rippen. Der Mario ist außer sich vor Wut und verpetzt seinen Kollegen: „Er hat's geklaut und bei der Dicken versteckt." Der Chef schnauzt ihn an, weil er so schreit. „Beherrsch dich doch", faucht er, „das kann man auch mit normaler Lautstärke sagen". Draußen spielen ein paar Kerle an den Automaten. Der Mario öffnet die Tür einen Spalt breit und schaut in die Spielhalle hinaus. „Alles in Ordnung", flüstert er, „die hören und sehen nichts, die sind beschäftigt". Dann packt er den Bruno an den Ohren und reißt ihn hoch: „Wo wohnt das Aas? Name! Adresse! Telefon!". „Lass sie doch in Ruhe, die hat nichts damit zu tun." Der Bruno hat Schwierigkeiten mit dem Sprechen und versucht, aufzustehen. Der Mario haut ihm mit der Faust in den Magen, dass er nach hinten fällt und krachend mit dem Kopf auf dem Tisch aufschlägt. Die Manuela kriegt ganz runde Augen vor Entsetzen, als die das Blut sieht. „Seid doch nicht so laut, ihr Idioten", fährt der Chef dazwischen. „Ich kann jetzt keinen Ärger brauchen". Er nimmt ein paar Bierflaschen aus dem Kühlschrank und betritt den Automatenraum. „Leute", lacht er gezwungen, „bei uns gibt's was zu feiern. Hoffentlich stören wir euch nicht beim Spiel." Er verteilt die Bierflaschen. Die Spieler wundern sich. „Ausnahmsweise", sagt er wie zur Entschuldigung.

„Es muss ja nicht immer und ewig Kaffee sein. Lasst's euch schmecken." Dann verschwindet er wieder im Hinterzimmer und geht seinen Geschäften mit dem Bruno nach.

Die Kathie zieht den Schwager wie ein kleines Kind an der Hand hinter sich her und setzt ihn vor einem Spielautomaten ab. Dem ist so schlecht wie noch nie im Leben. Trotzdem will er ein Bier haben. „Hier gibt's um diese Zeit keinen Alkohol, nur Kaffee und so", flüstert ihm die Kathie zu. Der Schwager zeigt stumm auf die Spieler, die mit Bierflaschen in der Hand vor den Automaten hocken. Ein paar Minderjährige sind auch dabei. Was ist hier los? Die Kathie kennt sich nicht mehr aus und schaut auf die Uhr. Der Bruno hat ihr doch erzählt, dass er die Kinder rechtzeitig nach Hause schickt, bevor sein Chef auftaucht. Dass er keinen Alkohol mehr ausschenkt, wenn er den Alten erwartet. Und der müsste doch schon längst zum Abrechnen hier sein. Und wo steckt der Bruno überhaupt? Die Kathie will ihn doch ein bisschen eifersüchtig machen mit dem Schwager. Er *muss* einfach da sein! So eine Gelegenheit ergibt sich bestimmt nie wieder.

Aus dem Hinterzimmer hört man verhaltene Laute. Ob sie da jetzt hinein darf? Der Bruno hat zu arbeiten, bestimmt führt er wichtige Verhandlungen. Er hat ihr verboten, dabei zu stören. Was, wenn er wieder wütend wird? Dann hat sie alles vermasselt. Der Schwager ruft mit weinerlicher Stimme nach ihr. Aber die Kathie kann nicht mehr zurück. Wie von einem Magneten wird sie von der grünen Tür angezogen.

• • •

Als die Ulla aus dem Badezimmer kommt, frisch geduscht, in einen mollig-weichen Frotteemantel gekuschelt, das zerstörte Gesicht notdürftig wieder hergerichtet, fällt ihr auf, dass die ganze Wohnung im Finstern liegt. „Dieser Sushi-Scheiß", will sie eigentlich vom Flur aus empört ins Wohnzimmer hineinrufen. Bloß nicht gleich ganz hineingehen zu ihm, erst vorsichtig von draußen hineinrufen: „Dieser Sushi-Scheiß! Du hast recht gehabt, kein Schwein verträgt so etwas".

Drinnen im Badezimmer, unter der Dusche, beim zweiten Mal Einseifen und Abschrubbeln, als der allergröbste Ekel und Dreck unter ihrem Füßen ganz sacht am Vergluckern war, ist ihr eingefallen, wie das weitere Geschehen zu lenken sei. Ein Glück ist es doch von Zeit zu Zeit, wenn man schon viele Jahre verheiratet ist. Die Ulla kennt sich aus mit den kleinen Eitelkeiten ihres Mannes. Mit dem „Du hast recht gehabt" könnte sie ihn in Verzückung versetzen. „Na, hab ich's nicht gesagt?", würde er, trotz des bereits erfolgten Eingeständnisses, antworten. Stundenlang würde er darauf herumreiten und immer wieder betonen, *wie* recht er doch gehabt, dass er es genau gewusst und alles vorausgesagt hatte. Und? Hat sie ihm geglaubt, als er ihr prophezeit hatte, Sushi sei ein Fraß, den deutsche Mägen nicht vertragen könnten? Nein, nichts hat sie geglaubt. Alles hat sie besser gewusst. Aber jetzt, jetzt weiß sie endlich, dass er doch recht gehabt hatte. Er kennt sich aus. An allen zehn Fingern hätte sie sich das abzählen können. Jetzt, wo es zu spät ist, jetzt kotzt sie und sagt: Du hast recht gehabt. Diese Erkenntnis hätte sie früher haben können. Glauben hätte sie ihm sollen!

• • •

Beinahe ist die Ulla beim Duschen in eine gereizte Stimmung geraten über die vorausgeahnte, nicht enden wollende Selbstbeweihräucherung. Aber nur beinahe. Denn heute würde sie sich zurückhalten, heute wollte sie ihm seinen Spaß lassen und meinetwegen hundertmal sagen: „Du hast ja so recht gehabt, sooo recht". Dann würde er ihr nichts anmerken, vor lauter Begeisterung garantiert nichts bemerken.

Die Ulla reißt alle Zimmertüren auf und schaut hinein. Ob er schon Rotwein-benebelt in der Falle liegt? Nein, im Schlafzimmer ist er nicht. Immer hektischer werden ihre Bewegungen, immer verworrener die Gedanken. Sie beginnt, sich Sorgen zu machen. Und wenn er doch etwas gemerkt hat? Hat er seine Sachen gepackt und ist ins Hotel gezogen? Was, wenn er sich ihretwegen etwas antut? Der Chef, der widerliche Fettwanst, der ist schuld! Wie die Pest hasst sie den jetzt. Gleich morgen früh wird sie alles klarstellen. „So nicht", wird sie ihn anherrschen, „nicht mit mir". Mitten ins Gesicht wird sie ihm das sagen. Glücklich verheiratet ist sie. Ein kleiner Ausrutscher, Wiederholung ausgeschlossen. Gemeinsame Arbeit ja, gemeinsamer Feierabend nein. Ihretwegen braucht er sein Spesenkonto nicht zu überziehen. Die Mon Chéri kann er sich ab sofort sparen. Danke, sie verzichtet. Soll er die doch selber fressen. Ja, der kann sich seine Mon Chéri sonst wohin stecken. Wegen dem Kerl setzt sie doch nicht ihre glückliche Ehe aufs Spiel.

Die Ulla stürzt ans Telefon. Nein, im Büro kann er um diese Zeit nicht mehr sein. Um diese Zeit lungert er

• • •

für gewöhnlich faul in seinem Lieblingssessel herum, abgefüllt mit Rotwein. Trotzdem hört die Ulla jetzt ihren Anrufbeantworter ab. Am Ende geht es ihm schlecht? Vielleicht hat er ihr eine Nachricht hinterlassen ...

„Bruno!" Die Kathie sieht ihn gleich hinter der grünen Tür auf dem Boden liegen. Die Dame im Ledermini kreischt schrill auf. Die Männer starren die Kathie ungläubig an. Sie starren ihr ins Gesicht. Dann auf Brunos Gesicht, das dem ihren gleicht wie ein Ei dem anderen. Zwei verschwollene, aufgedunsene, blaugeschlagene Gesichter. Nur dass bei Bruno noch alles mit frischem Blut verschmiert ist. „Das hat er jetzt davon", denkt die Kathie, „kein Wunder, dass der Chef so böse ist, wenn die ganze Buchhaltung nicht stimmt". Sie hat ihn gewarnt. Sie kennt sich aus mit Zahlen. Mit einem Blick erfasst sie, welcher der Herren der Chef ist. Sie geht auf ihn zu und drückt ihm die Geldscheine in die Hand. „Hier", sagt sie, „jetzt kann das Konto ordnungsgemäß abgeglichen werden. Ich hab auf das Geld aufgepasst. Der Bruno war's nicht, sondern der da." Sie zeigt auf den Mario. „Ach", wundert sich der Chef, „wie interessant" und einer der beiden Paviane haut dem Mario seine haarige Pranke mit Schwung auf den Kopf. Dem ist jetzt alles egal. Soll der Alte doch hören, was für Geschäfte er macht, dass er sich was dazuverdienen muss nebenbei. Soll die Manuela doch schreien und versuchen, ihm den Mund zuzuhalten. Soll sie sich doch an seinen Arm hängen und ihn ziehen und zerren und weinen und betteln. Er schleudert sie zur Seite. Er hat die Kathie am Hals gepackt und schüttelt sie hin und her wie eine nasse Katze. „Wo ist der Stoff?", schreit er, „wo ist der Schnee?" Er schüttelt sie wie ein Irrer. Die Kathie weiß nicht, was er von ihr will. In ihrer Not fallen ihr die vielen weißen Päckchen ein. „Die Zuckerpäckchen?", würgt sie halb erstickt hervor. „Abfalleimer!

Die Müllabfuhr hat alles abgeholt. Zusammen mit der toten Katze. War doch nur Zucker. Eklig verschmierte Tütchen." Dann lacht sie hämisch auf: „Lauter dreckige Zuckerpäckchen."

Der Mario lässt sie abrupt los. Mit hochrotem Gesicht steht er da. Vollkommen erstarrt. Sprachlos. Nein, das kann nicht wahr sein. Die lügt ihm doch frech ins Gesicht. Die steckt doch mit dem Bruno unter einer Decke. Das ist doch Betrug. Der Stoff gehört ihm. Ihm, Mario, ganz allein. Er hat die Geschäfte abgewickelt. Er lässt sich doch nicht von diesem sauberen Pärchen auf den Arm nehmen. Er doch nicht. Fuchsteufelswild greift der Mario nach dem langen Brotmesser und fängt an, die Kathie zu piksen. Hierhin und dorthin setzt er die Messerspitze und pikst. Die zwei undurchsichtigen Gestalten halten die vor Angst heulende Kathie rechts und links an den Armen fest. „Wo ist der Stoff?", fragt Mario zum hundertsten Mal und wenn die Kathie zum hundertsten Mal antwortet, dass sie die Zuckertütchen in den Mülleimer geworfen hat, pikst er sie wieder. „Jetzt glaubt ihr doch endlich", ächzt der Bruno und versucht, sich am Tisch hochzuziehen, „die ist so blöd, die hat das Zeugs wirklich in den Müll geschmissen".

Der Schock sitzt tief. Noch lauert der Schmerz dumpf unter der Oberfläche. Ein Schockzustand hat die angenehme Eigenschaft, dass er den Schmerz betäubt. Dass der Schmerz noch ein Weilchen unter der Oberfläche ausharren muss, k.o.-geschlagen sozusagen, bewusstlos, benommen, ohne Biss. Deshalb rast die Ulla mit ihrem Auto durch die Straßen, ohne es zu wissen. Deshalb hetzt sie danach durch die *Mannheimer Quadrate* wie in einem Film. Sie schwebt über sich selbst und sieht sich dabei zu, wie sie durch die Stadt fliegt. Die frische Luft und das schnelle Laufen bewirken ein zögerliches Nachlassen der Erschütterung. Langsam, ganz langsam beginnt der Schmerz sich durch die dünne Oberfläche durchzuknabbern. Zuerst ist es ein vorsichtiges Sich-Durchknabbbern, dann ein gieriges Sich-Durchfressen. Noch hat er es nicht ganz geschafft. Aber ziemlich bald wird er mit fletschenden Zähnen hervorbrechen wie ein wildes Tier.

Mit der Absicht, die hartnäckigen Spieler aus dem GLÜCKSPRINZEN hinauszukomplimentieren, verlässt Brunos Chef das Hinterzimmer und betritt den Automatensaal. Es ist bei Gott kein leichtes Stück Arbeit: Mindestens zwei von denen glauben sich in einer Glücksphase und wehren sich mit Händen und Füßen dagegen, das funkelnde Gerät vorzeitig zu verlassen, das ihnen zwinkernd den großen Wurf verspricht. Der Chef bemüht sich, gibt sich aufgeräumt, redet den Uneinsichtigen väterlich zu. Das tumultartige Spektakel im Hinterzimmer nimmt Ausmaße an, die ihm nicht behagen. Die Zeit drängt, er kann keine Zeugen brauchen, einen Skandal kann er sich nicht leisten. Langsam wird er ungehalten, er schreit, packt einen der unermüdlichen Glücksritter grob am Kragen und nötigt ihn unter Einsatz seines beachtlichen Körpergewichts zur Tür hinaus. Doch kaum ist der nächste gegriffen und zur Tür gedrängt, ist der erste schon wieder zur Stelle, bereit, sein Glück zu verteidigen. Der Chef verflucht sich, Alkohol ausgeteilt zu haben. Er schreit nach seinen Adlaten, aber die müssen ja die Kathie festhalten, damit der Mario sie mit dem Brotmesser piksen kann. Die Witzfigur, die da sturzbetrunken auf einem Stuhl hängt und erregt vor sich hinmurmelt, lässt er links liegen. Zuerst müssen die hitzigen Streithähne aus dem Weg geräumt werden. Es ist ein Kampf gegen Windmühlenflügel. Der Chef ist nicht in der Lage, ohne seine Gehilfen mit der Brut fertig zu werden. Er schwitzt. Einen packt er am Kragen, ein anderer hängt sich ihm von hinten an den Hals. Er tritt und schlägt um sich. Seine Widersacher finden Spaß an der Sache, lachend umringen sie ihn, von allen Seiten bedrängen sie ihn. Schon wühlen gierige Hände in seinen Taschen. Alles was sich darin finden lässt, wird mit Triumphgeheul herausgezogen. Der da macht sich mit ihrem Geld ein schönes Leben. Man will es ihm heimzahlen. Die Stunde der süßen Rache ist gekommen. Der Besitzer des GLÜCKSPRINZEN ist der natürliche Feind des Spielers. Eingezwickt in einer Meute von Raufbolden ist er so mit seinen momentanen privaten Befindlichkeiten beschäftigt, dass er die große, blonde Frau nicht bemerkt, die plötzlich im Raum steht. Kein Schimmer Farbe liegt auf ihrem Gesicht, ihr teilnahmsloser Blick nimmt das Schlachtengetümmel nicht wahr. Mit hölzernen Schritten bewegt sie sich, langsam wie eine Traumgestalt, auf das Hinterzimmer zu.

Alles geht so blitzschnell, dass die Kathie gar nichts mehr begreift. Sie wundert sich, dass sie plötzlich rücklings auf dem Boden liegt und so ein heftig heißes Gefühl im Bauch hat. Wie Feuer brennt es in ihr. Den blauen Griff des langen Brotmessers, der fremd und kühl aus ihrem Bauch herausragt, sieht sie nicht, weil sie sich nicht aufsetzen kann. Ganz erschöpft fühlt sie sich plötzlich. So viel Aufregung! Schon die ganzen letzten Tage. Kein Wunder, dass sie so müde ist. Nichts als Arbeit hat man. Nur Kummer und Sorgen. Sie wird sich ein paar Stunden ausruhen. Richtig ausschlafen. Der Bruno soll sie heimbringen. „Bruno?" Der kniet neben ihr auf dem Boden und schaut ihr ins Gesicht. Die anderen Männer sind verschwunden, die Dame im Ledermini auch. Der Kathie ist es recht, Hauptsache, der Bruno ist bei ihr. Es tut ihr leid, dass sie hier so herumliegt. Sie kann es sich selbst nicht erklären. Sie versteht nicht, warum die Ulla da ist. Oder träumt sie nur? Nein, die Ulla kauert auf dem Sofa und krümmt sich in krampfartigem Schluchzen. Die sollte sich lieber um Brunos Verletzungen kümmern, kühle Umschläge machen. Statt dessen ...! Die Kathie versucht, sich aufzurichten. Irgendetwas wirft sie wieder auf den Rücken zurück. Das Brotmesser, das sie nicht sehen kann, hat sich bis kurz vor ihre Wirbelsäule gebohrt und die Bauchschlagader zerfetzt.

„Du dumme Pute", schimpft der Bruno, „was mischst du dich auch in alles ein? Das geht dich doch einen Dreck an!" Aber seine Stimme klingt gar nicht böse. Mühsam rappelt er sich auf und greift zum Telefon. Die Kathie sieht eine verschwommene Gestalt, die

• • •

schwankend dasteht und eine Nummer eintippt. Sie wartet. Sie friert. Sie greift sich ins Gesicht. Der Schweiß ist eiskalt. Sie hat keine Schmerzen, aber plötzlich kommt die Angst und das Zittern. Irgendetwas ist anders als sonst. Sie hat es schon vorhin im Automatensaal bemerkt. Heute ist alles ganz anders als sonst.

Fast das ganze Blut, das Kathies Herz in ihren Körper pumpen will, fließt sofort wieder aus der perforierten Aorta heraus und verteilt sich im Bauchraum. Der Bruno mag keine halben Sachen. Pflaster müssen mit einem Ruck von der Haut gerissen werden. Das hat schon sein Vater gesagt. Diese Memmen, die das Pflaster Millimeter für Millimeter von der Wunde herunterkrubbeln! Ein Ruck, ein Aufschrei und die Sache ist gegessen. Genau so zieht er jetzt das Messer aus Kathies Bauch heraus. Der Doktor kommt gleich, sagt er, und die Kathie weiß nicht, warum er das sagt. Der Blutverlust macht ihr zu schaffen, sie kann sich nicht richtig konzentrieren. Sie schaut den Bruno an und ist verwirrt über seine eigenartig sanften Augen. Sie hat alles richtig gemacht. Er mag sie ein bisschen, sie kann es spüren. Warum bringt er sie nicht nach Hause? Sie hat Würstel im Kühlschrank und vom Rotwein ist auch noch ein bisschen übrig. Der Schwager hat den Wein gekauft. Er hat sich ärgern müssen. Dann ist er eingeschlafen ohne auszutrinken. Er ist und bleibt ein feiner Herr. Bestimmt hat der Bruno Hunger. Er sieht so matt aus.

Der Bruno erinnert sich an seine Ersthelfer-Ausbildung: „Schocklage! Beine hoch!" Er denkt nicht darüber nach, dass die Blutung im Bauch durch den

Rückstrom aus den Beinen noch verstärkt wird. Kathies Geist trübt sich ein, die somnolente Phase beginnt. Sie sieht den Bruno verschwinden und wieder näherkommen, auch die Katze tigert seltsam ruhelos im Zimmer auf und ab. Endlich hat sie sich aus der verschnürten Plastiktüte befreien können. Die Kathie freut sich darüber. Überall ist Blut, die Katze verliert Blut. Die Kolleginnen lachen wie Geisterwesen, so glockenhell und leise. Die Kathie schlägt mit beiden Armen nach ihnen. Sie rudert angestrengt in der Luft herum und trifft sie nicht. Lassen Sie Ihre Ferrero-Küsschen nicht offen auf dem Schreibtisch liegen. Männer wollen lieber etwas Herzhaftes. *Bier auf Wein, das lass sein.* Hundert Gesichter schweben wie Schattenbilder über der Kathie.

„Welcher Idiot hat das Messer herausgezogen?" Eine Sinnestäuschung? Wer spricht da? Bruno ist nicht geschwätzig. *Reden ist Silber, Schweigen ist Gold.* „Man muss das Messer stecken lassen, weil es die verletzten Blutgefäße abdichtet". Der Notarzt schreit es Bruno wütend zu.

Jemand anderes ruft: „Mehrere Zugänge! Volumen, Volumen, Volumen! Schmerzmittel!" Ein Nebelschleier wabert in Kathies Augen hinein; sie kann den Bruno kaum sehen und streckt die Hände nach ihm aus. Mehr und mehr verschwindet er. Immer kleiner und blasser wird seine Gestalt. „Bruno", will sie rufen, „Bruno". Doch plötzlich wandert der Nebel auch in Kathies Mund hinein; sie kann nicht mehr reden. Sie will es unbedingt versuchen, immer wieder bewegt sich ihr Mund in

● ● ●

hoffnungslosem Bemühen und bringt doch nur ein schwaches Gurgeln zustande. Eine hektische Stimme: „Rein ins Auto mit ihr und ab durch die Mitte. Schneller, schneller! Voranmeldung im *Klinikum*!" Wer schreit hier so? Die Kathie winkt müde mit der Hand ab, sie will ihre Ruhe haben. Fast ist sie froh, dass der Nebelschleier jetzt auch in ihre Ohren dringt und sie von dem Stimmengewirr rings umher abschneidet. Nur ein leises inhaltsloses Murmeln nimmt sie noch wahr. Auch die Ulla kann sie nicht mehr verstehen, obwohl die „Wach doch auf" kreischt und „Es tut mir so leid" und an der Kathie herumrüttelt, bis die Sanitäter sie von der Liegenden wegreißen. Der Nebel, vorher grau, wird allmählich schwärzer und schwärzer und kriecht immer weiter in die Kathie hinein, eiskalte Schwärze braust und rauscht um sie herum, in sie hinein und erreicht bald auch ihr mattes Herz.

Und plötzlich gibt es keine Ulla mehr, keine Eltern, keinen Ärger, keine Sorgen, nicht einmal einen Bruno. Eine kleine Ewigkeit noch hängt sich Kathies Bewusstsein an die allerletzte Erinnerung: an die Katze – doch dann verschwimmt auch dieses Bild wie alle anderen, und die ganzen blöden Angelegenheiten der Welt gehen die Kathie jetzt tatsächlich einen Dreck an. Mit der Bahre trägt man sie aus dem GLÜCKSPRINZEN hinaus und ins frühe Morgengrauen hinein.

Der Bruno steht ganz still mit hängenden Armen. „Du dummes Stück", murmelt er der Prozession hinterher. Der Schwager, plötzlich aufgeschreckt nüchtern, rennt mit blutleerem Gesicht zur Tür und will die Sani-

● ● ●

täter aufhalten. Er schüttelt an Kathies Schultern. „Aus dem Weg, Mann, sind Sie wahnsinnig?" Er fühlt sich zur Seite geworfen und wirft sich wieder zurück auf die Kathie. Was ist passiert? Was wird die Ulla dazu sagen? In seiner Verzweiflung fällt ihm die Katze ein! „Ich kauf' dir eine neue Katze, morgen besorg ich dir ein neues Kätzchen." Er schluchzt und verspricht und schwört: „Gleich morgen ein neues süßes, kleines Kätzchen". Aber der Bruno ist schon zur Stelle und zieht ihn mit festem Griff am Arm zurück. „Halt die Klappe", sagt er freundlich, „sie kann dich nicht mehr hören."

ENDE

Weitere Bücher von Brigitte Stolle:

- Die Köchin – eine Groteske
- Ameisentage – Drei unordentliche Lesestücke
- 66 kecke Köchinnen-Limericks
- Bienenstich – Mannheimer Imkerkrimi
- Als Brunhilde, Barbara und ich das Ewige Licht auspusteten – Eine Jugend in Edingen-Neckarhausen zwischen Kindergarten, Kiesloch und Kirche

Zeitfracht Medien GmbH
Ferdinand-Jühlke-Straße 7
99095 Erfurt, Deutschland
produktsicherheit@kolibri360.de